Baroque et Classicisme

Anthologie

Dans la même collection

L'HUMANISME ET LA RENAISSANCE

LES LUMIÈRES

LE ROMANTISME

RÉALISME ET NATURALISME

LE SURRÉALISME

ISBN : 2-08-072172-0
ISSN : 1269-8822

Baroque et Classicisme

Anthologie

Présentation,
notes, choix des extraits et dossier
par Rudy Le Menthéour

ÉTONNANTS CLASSIQUES

GF Flammarion

Baroque et Classicisme

I. Le plaisir et la règle

II. Théâtre du monde

III. La morale et le monde

IV. La mort lente de Tabarin ou le déclin de la farce

V. Littérature politique ou policée ?

LE COUPLE « BAROQUE/CLASSIQUE » EN QUESTION

Il n'y a pas de groupe classique ou baroque que l'on pourrait comparer à la Pléiade, pas de manifeste comme il y en eut pour des mouvements modernes tels le naturalisme, le surréalisme ou le Nouveau Roman, nulle trace d'une réelle filiation spirituelle comparable à l'apprentissage réaliste de Maupassant sous la houlette de Flaubert. Les écrivains du XVIIe siècle – que l'on appelle communément le « Grand Siècle » – ne définissaient pas leurs œuvres selon ce couple de notions qui n'a que l'éclat de l'évidence. On pouvait écrire des ouvrages galants, satiriques, piquants, spirituels, touchants, honnêtes, mais non baroques ou classiques. Et c'est seulement au XVIIIe siècle que des auteurs tel Voltaire considèrent leurs illustres prédécesseurs comme des « classiques » : jusqu'alors, le terme était réservé aux seuls auteurs anciens – Aristote, Platon, César, Cicéron, Virgile, Tite-Live entre autres. Ce n'est qu'après la querelle des Anciens et des Modernes[1], qu'il fut possible de célébrer des modèles nationaux.

L'étymologie précise des deux termes peut nous aider à comprendre ces catégories.

« Classique » est emprunté au latin *classicus*, adjectif issu du nom *classis*, « classe de citoyens ». La société romaine était séparée en cinq classes selon le degré de

1. Voir dossier, p. 125.

fortune. Les *classici* étaient les citoyens de « première classe », c'est-à-dire les plus riches : les notables. Dès son origine, l'adjectif a donc une forte connotation sociale. Aulu-Gelle, un érudit latin du IIe siècle, recommande de s'adresser aux *classici* pour connaître le bon usage de la langue ; par conséquent, appliqué à un écrivain (*classici scriptores*), le mot désigne un auteur qui fait autorité, qu'il faut prendre pour modèle et qui domine nettement tous les autres. À ce premier sens se greffe, à partir du XVIIe siècle, celui d'auteur étudié « dans les classes, dans les écoles » (dictionnaire Furetière, 1689). Les classiques sont donc des écrivains qui bénéficient d'une certaine reconnaissance sociale et d'une légitimité institutionnelle *post mortem*, notamment scolaire. Comme ce statut de « classiques » peut continuellement être accordé ou retiré à des auteurs récents ou anciens, qu'il dépend de réévaluations esthétiques bouleversant notre regard rétrospectif sur la littérature française, il semble ardu de définir une tendance classique propre au seul XVIIe siècle. Ou plutôt toute étude sur le classicisme français est largement dépendante de la position de son auteur face à la vie littéraire de son époque.

Quant à l'origine du mot « baroque », issu du portugais *barroco* (« pierre irrégulière »), elle est beaucoup moins éclairante : le dictionnaire de Furetière * n'y voit qu'un terme de joaillerie désignant « des perles qui ne sont pas parfaitement rondes ». C'est seulement dans l'édition de 1718 du dictionnaire de l'Académie qu'apparaît son sens figuré : « baroque » est alors synonyme de

* Les astérisques renvoient au lexique des principales figures du baroque et du classicisme, p. 139. Ils n'apparaissent qu'à la première occurrence du mot.

« bizarre, insolite ». À partir de la moitié du XVIIIe siècle, le terme s'emploie de plus en plus communément pour critiquer un style architectural que l'on connaît encore sous ce nom : le baroque. On rejette un art qui s'éloigne des règles classiques, c'est-à-dire des préceptes de composition gréco-romains tels qu'ils ont été redécouverts à la Renaissance. Dès lors peut se mettre en place le couple baroque/ classique, mais uniquement dans le domaine de l'art : au XIXe siècle, avec les débuts d'une analyse formelle stricte de l'architecture, les deux notions se font plus précises, et donc plus limitées. Par le terme « baroque », on désigne essentiellement un style artistique fait de décoration expansive et de courbes dynamiques propre aux œuvres romaines du Bernin et de Borromini [1], puis les diverses productions ultérieures qui s'en inspirent (notamment en Europe centrale). Par opposition, le classicisme reste fondé sur l'exhibition de structures harmonieuses, selon des critères censément antiques. Malgré les efforts d'analyse objective, la définition des notions se ressentira du préjugé originel : aux perles lisses et régulières de notre culture classique s'opposent des perles baroques, irrégulières, qui peuvent attirer le regard et divertir, mais qui ne sont jamais conformes au bon goût. Plutôt que de voir en l'un l'image même de la règle bien appliquée et en l'autre une absence relative de règles de composition, il paraît plus fructueux de tracer la limite entre des règles explicites, voire sur-explicitées, et des règles implicites mais non moins cohérentes.

Plusieurs difficultés sont donc apparues au fil de cette anthologie qui tente d'appréhender la littérature du Grand Siècle à travers ces deux notions :

1. Voir dossier, p. 129.

• Celles-ci n'ont de valeur que rétrospective : les poètes que l'on nomme aujourd'hui baroques s'en étonneraient et y verraient une insulte; quant à Racine* ou Boileau*, ils ne se proclamaient pas classiques; ils réservaient cet honneur aux Anciens.

• Le couple baroque/classique est fortement dissymétrique, puisqu'un des termes est technique et ne s'est enrichi que tardivement de nouvelles connotations, tandis que l'autre remonte au latin et a été continûment employé. De plus, le mot « baroque » ne se comprend qu'en regard du terme « classique » qui, lui, fut longtemps indépendant et peut encore être utilisé sans allusion, même implicite, au baroque.

• Le couple baroque/classique s'est formé en histoire de l'art (d'abord en architecture, puis en peinture et enfin en musique). Sa transposition dans l'histoire littéraire ne va pas de soi. D'autres notions empruntées à l'art comme le « maniérisme » et le « rococo » rejoignent parfois le « baroque ».

• Les critiques n'ont pas élucidé les liens entre le baroque et la « préciosité », terme lui aussi galvaudé, s'appliquant à la même période et parfois aux mêmes auteurs[1].

• La principale conséquence de la valeur rétrospective, *a posteriori*, du classicisme et du baroque, c'est que les critiques littéraires, les historiens des lettres, y jouent un rôle prépondérant et qu'il est donc nécessaire d'examiner les différentes voies critiques pour appréhender et comprendre ce couple de termes.

---

1. Voir p. 77.

LES DIFFÉRENTES APPROCHES DU BAROQUE ET DU CLASSICISME

On peut distinguer huit voies critiques principales.

La voie traditionnelle

La première, que l'on peut qualifier de traditionnelle, consiste à voir dans la littérature « classique » du XVIIe siècle le sommet indépassable des lettres françaises. Sous Louis XIV, la France aurait connu son siècle d'or, et cette grandeur caractériserait les meilleurs écrivains du temps, Corneille*, Racine, Pascal* entre autres. Avant Louis XIV, il n'y avait qu'excentricités ridicules, extravagances fades noyant dans un flot de romans indigestes et de poésies hermétiques les rares signes annonciateurs du classicisme. C'est à Brunetière, un critique de la fin du XIXe siècle, que revient le mérite d'avoir discerné un début de siècle baroque, bien distinct du renouveau classique des années 1660 : auparavant, on tenait le XVIIe siècle pour un siècle classique, sans trop se soucier des différentes tendances. Cet éloge du classicisme français, qu'il fût littéraire ou architectural, avait, à la fin du XIXe siècle et au début du XXe siècle, de fortes résonances nationalistes : de nombreux critiques proches de l'Action française[1], comme Thierry Maulnier – auteur d'un

1. *Action française* : mouvement politique d'extrême droite fondé lors de l'affaire Dreyfus, catholique et royaliste, qui connut son apogée avant la Seconde Guerre mondiale.

Racine –, y voyaient la manifestation la plus éclatante de la supériorité française. Au XVIIe siècle, la France avait su résister aux sirènes baroques espagnoles ou italiennes, mais, au XIXe siècle, elle avait succombé au venin romantique allemand : il fallait prendre exemple sur les classiques, sur leur sens de l'expression claire et précise pour rejeter les obscurités germaniques introduites en contrebande par Rousseau et Mme de Staël. Le refus du romantisme avait donc de fortes connotations politiques : il s'agissait de combattre l'influence allemande, mais aussi de dénier toute légitimité à l'emphase révolutionnaire ou républicaine[1]. Enfin, le langage classique, qui supposait l'expression totale et transparente du moi et accordait à la conscience une parfaite hégémonie, était une arme de guerre contre les nouvelles thèses psychanalytiques, qui risquaient de mettre à bas la famille et les valeurs chrétiennes en général.

La voie orsienne

Dans ce contexte passionnel, les tenants des romantiques étaient fortement enclins à chercher des romantiques du Grand Siècle : les baroques faisaient parfaitement l'affaire, encore fallait-il les relire. En 1935, la traduction du livre *Du baroque*, de l'Espagnol Eugenio d'Ors, donna du grain à moudre aux polémistes. Ors accordait au baroque part égale face au classique; il s'agissait selon lui de deux « éons », deux types essentiels,

1. Certes Chateaubriand est le type même du romantique nostalgique de l'Ancien Régime, mais Victor Hugo, d'abord engagé dans le camp royaliste, bascula ensuite dans l'opposition radicale et transforma le romantisme en une esthétique républicaine.

qui configuraient toute la civilisation humaine : Faust, Rousseau, la théorie de la Relativité, le style de Proust, les ellipses de Kepler[1], le bouddhisme, les cathédrales gothiques étaient les changeantes manifestations d'un baroque éternel, principe dynamique opposé au statisme classique. Bien que cette voie fût intenable, puisque, malgré la nouveauté affichée, elle se contentait de présenter une énième version de l'opposition nietzschéenne d'Apollon et Dionysos[2], elle eut le mérite d'inciter à rechercher des anticlassiques avant l'efflorescence classique. Les outrances d'Eugenio d'Ors permirent de sortir enfin du couple romantisme/ classicisme, mais conduisirent à des abus parfaitement dénoncés par Pierre Charpentrat dans *Le Mirage baroque* (1967) : comme «surréaliste», «classique», «romantique» ou «épique», l'adjectif «baroque» était victime de son succès et passait au laminoir de l'usage vulgaire. Tout le problème à partir des années 1930, et plus encore dans les années 1950-1960[3], allait être de s'arrêter à mi-chemin entre le sens restreint des deux termes au XVIIe siècle et un sens démesurément élargi.

---

1. Johannes Kepler (1571-1630) : astronome allemand qui démontra que les planètes décrivaient des trajectoires elliptiques et non circulaires.
2. Nietzsche (1844-1900) distinguait deux esthétiques, deux conceptions de la vie, l'une fondée sur la forme stable et incarnée par le dieu grec Apollon, l'autre fondée sur le mouvement et l'ivresse des sens et dont l'emblème était le dieu Dionysos.
3. Dans l'avant et l'après 68, la notion de «baroque» semblait l'arme idéale contre des conservateurs qui avaient fait des classiques une culture de caste, au prix d'une vision biaisée, toute bourgeoise, de l'harmonieuse clarté, de la stabilité, de la retenue des «grands» écrivains du XVIIe siècle.

La voie formelle

Jean Rousset fut un de ceux qui évitèrent à la fois les ornières de la voie traditionnelle et l'autoroute orsienne : s'inspirant de Wölfflin, un historien de l'art allemand qui avait pour la première fois considéré le style baroque selon des critères formels dégagés de tout préjugé classique, il définit plusieurs traits baroques propres à certaines œuvres du XVIIᵉ siècle. D'après son manifeste critique, *La Littérature de l'âge baroque en France, Circé et le Paon* (1953), ces critères sont les suivants : l'instabilité, la mobilité, la métamorphose et la «domination du décor». Rousset refuse la «confrontation directe» de l'œuvre architecturale et de l'œuvre littéraire pour lui préférer une transposition indirecte. L'acte critique se déroule en trois temps : tout commence avec la découverte de l'architecture du Bernin et de Borromini à Rome; cette révélation d'un art vivace totalement opposé à la tradition classique le conduit à définir les quatre qualités spécifiques de ce style architectural; après ce travail d'abstraction, il s'agit de retrouver ces principes de composition baroques dans des œuvres littéraires. Déjà à cette époque, Rousset admet les limites de son entreprise : la transposition ne va pas de soi, le critique préfère parler de «littérature de l'âge baroque» plutôt que de «littérature baroque». Mais la polémique est lancée, le terme «baroque» est vite une étiquette à part entière.

La mode baroque devient frénétique, des universitaires réticents se montrent agacés ou railleurs, et Rousset a les plus grandes difficultés à défendre son point de vue avec sa coutumière hauteur de vue dans *L'Intérieur et l'Extérieur* («Le baroque en question», chapitre IV, 1968). Rousset y fait retour sur l'axiome implicite de sa démarche intellectuelle : «je tablais sur un fond commun dans l'imagination de tous les esprits pensant et créant dans un même temps» ; il redonne ainsi à son œuvre critique la valeur d'un pari, bien loin d'un tour d'horizon définitif. Surtout, la principale utilité du pari baroque a été selon lui de faire surgir des limbes de l'oubli des livres, des auteurs éclipsés par les classiques; il s'agit de mettre la notion au service des auteurs du XVIIe siècle, au lieu d'en faire une étiquette ou un étendard : «Nous n'avons pas à nous demander si cette œuvre est ou n'est pas baroque, nous avons à voir comment elle réagit aux critères nouvellement définis et si ces critères nous la rendent plus cohérente et plus vraie.» En préférant l'expérimentation critique, la cohérence interne de l'œuvre à l'histoire littéraire et à l'étiquetage, Rousset tente de dégonfler une vive polémique. Son *Dernier regard sur le baroque* (1998) traduit pourtant la nostalgie d'une époque de découverte, l'autocritique s'y mêle au plaidoyer, grâce à la définition d'un «double regard» : pour le regard historique, «qui se place dans l'optique du temps d'émergence», le baroque n'a pas de sens, mais pour le «regard actuel», c'est un «instrument du XXe siècle forgé pour questionner le XVIIe». Dans l'optique du premier regard, ce serait plutôt la position antibaroque de Marc Fumaroli (voir plus loin) qui l'emporterait, mais on ne peut supprimer le second regard. Dans une pirouette finale, Rousset dit refuser toute catégorie englobante et n'avoir d'yeux que pour l'œuvre particulière. L'apogée de son parcours critique n'est-il pas alors son *Anthologie de la poésie baroque française* (1961) ?

La voie anthropologique

Elle consiste à puiser directement dans le «fond commun» dont parlait Rousset. Il s'agit non plus de définir des critères formels stricts, mais de recueillir les indices d'une conception du monde classique ou baroque : Roland Barthes trace ainsi le portrait d'un *homo racinianus* dans *Sur Racine* (1963) ; plus récemment, désireux d'éviter les poncifs de l'homme baroque et de l'homme classique, Thomas Pavel évoque dans *L'Art de l'éloignement* (1996) un «imaginaire classique». C'est «l'alliance [paradoxale] entre le Dieu transcendant et le soi secret» qui fonderait la «distance symbolique» propre aux œuvres classiques. Ainsi s'éluciderait le goût pour les pays lointains et les époques révolues – rapport au passé pompeusement nommé «hétérochronie». Faire de cet augustinisme[1] en vogue au XVIIe siècle l'inspirateur de tous les genres, du roman galant à la tragédie, et le principe explicatif des peintures de Nicolas Poussin (1594-1665) comme de l'architecture versaillaise, semble excessif : dès qu'il s'agit de nommer un homme, un imaginaire, une conception du monde «baroque» ou «classique», l'abstraction menace.

La voie sociologique

C'est précisément pour éviter tout risque de construction abstraite que certains critiques se sont tournés du côté de la sociologie. En simplifiant, on peut distinguer deux attitudes :

---

1. *Augustinisme* : courant de pensée chrétien, caractérisé par la conscience du péché originel et inspiré par saint Augustin (354-430), évêque, écrivain et théologien.

– La première, déterministe, assigne un groupe social à chaque style. La littérature et l'art classiques seraient ainsi l'expression fondamentale de la bourgeoisie montante, tandis que le baroque serait issu directement de l'idéologie nobiliaire. Bourgeois l'équilibre, la structure, la modération, l'économie de moyens; nobles le dynamisme, la façade, l'excès, la prodigalité : les deux esthétiques seraient l'expression directe de deux idéologies opposées. Reste à savoir de quelle bourgeoisie l'on parle (marchande? parlementaire?) et de quelle aristocratie il s'agit (de cour? rurale? etc.). C'est un historien de l'art, Pierre Francastel, qui est sans doute allé le plus avant dans la précision déterministe (article des *Annales*, 1959) : loin de relever d'époques distinctes, baroque et classicisme seraient l'expression de «deux sociétés également anciennes et vivantes [...] arrivées au terme de leur conflit». Le classicisme relève de l'économie urbaine, tandis que le baroque serait intimement lié à l'économie seigneuriale, donc rurale : l'apparition de palais baroques dans les villes italiennes ne change rien à la donne, puisque ces nobles continuaient à vivre de leur rentes terriennes, c'est une sorte de projection du système de relations rural dans le milieu urbain.

– Des sociologues comme Alain Viala vont s'élever contre un tel déterminisme, au nom de la théorie bourdieusienne de la distinction[1]. Selon Alain Viala, c'est au XVIIe siècle que se constitue le champ littéraire, au sein duquel les rapports de force vont prendre une certaine

1. Selon Pierre Bourdieu, sociologue français (1930-2002), les mouvements culturels se renouvellent par la prise de pouvoir au sein de domaines déterminés (les «champs») de nouveaux individus qui gagnent leur légitimité en se distinguant de leurs anciens «maîtres».

autonomie par rapport à la structure sociale générale. *La Naissance de l'écrivain* (1985) retrace l'apparition de cette sphère autonome, avec l'émergence des salons, la formation des cercles de lettrés et d'érudits, qui seront progressivement institutionnalisés, notamment avec la création par Richelieu de l'Académie française en 1636. Cette fondation ne faisait qu'officialiser une « compagnie » déjà existante : il faut délaisser l'opinion simpliste selon laquelle le classicisme serait l'émanation du centralisme royal incarné par Richelieu, Mazarin et Louis XIV. Il faut donc sortir de cette « théorie du reflet » et se préoccuper de la façon dont le champ littéraire légitime, reconnaît telle ou telle œuvre. L'objet d'étude n'est plus le classicisme, mais la « classicisation » par les institutions académique, scolaire, journalistique. Cette méthode sociologique, qui analyse la réception plutôt que la production, transgresse ainsi la frontière entre les deux sens de classique – restreint (littérature du XVIIe siècle) et large (patrimoine littéraire) –, et défait le couple baroque/ classique, puisqu'on ne peut comparer une simple catégorie esthétique à un processus de légitimation sociale. C'est dissoudre le questionnement sur la nature du goût classique : est classique l'œuvre que l'on donne en modèle. La question se déplace : à qui donne-t-on ce modèle? Qui donne ce modèle? Quelles œuvres sont susceptibles d'être données en modèles?

La voie stylistique

La méthode précédente avait pour inconvénient de diluer la littérature du XVIIe siècle dans un ensemble de fonctions sociales propres à tous les temps, c'était réduire les textes à une simple monnaie d'échange, sans trop se préoccuper de leurs différences de conception, de style, de pensée. Le meilleur remède à un tel système d'interprétation, c'est sans doute l'analyse stylistique d'un Leo Spitzer, qui, dans une de ses *Études de style* (1931, traduites en français en 1970), suit au fil des lignes l'« effet de sourdine » classique à l'œuvre chez Racine. Loin des généralités polémiques, la lecture entre dans la chair du texte, repère des traits précis, ainsi chez Racine l'usage du pronom impersonnel « on ». Tandis que le classicisme se caractérise par cette retenue stylistique, le baroque tire son efficacité d'une tension permanente entre l'illusion et la subite désillusion, d'où la prédilection non seulement pour les jeux d'apparence mais aussi pour la pointe, le *concetto*, la formulation paradoxale qui clôt, soudain, l'énigme.

La voie de la rhétorique

Toujours par réaction aux notions générales et rétrospectives, un historien de la rhétorique comme Marc Fumaroli, auteur de *L'Âge de l'éloquence* (1980), a préféré au couple baroque/ classique un duo déjà connu des lettrés du XVIIe siècle : celui de l'asianisme et de l'atticisme (l'Attique est la région d'Athènes). Ces deux tendances de l'art rhétorique romain prônaient, l'une, la profusion, les longues périodes, l'autre, la concision efficace. L'atticisme, « style léger et correct » selon l'*Encyclopédie*, pourrait donc remplacer utilement l'ambigu terme « classique ». Le couple proposé par Fumaroli a aussi l'avantage de mieux s'inscrire dans le contexte religieux, puisqu'il entretenait des liens avec les choix spirituels de l'époque : jansénistes et jésuites[1] n'étaient pas indifféremment atticistes ou asianistes. Les premiers, austères, avaient une nette prédilection pour l'atticisme, qui correspondait par ailleurs à leur idéal d'un langage exprimant sans fard la réalité des choses ; quant aux jésuites, ils tendaient, de façon certes moins exclusive, vers l'asianisme. Bien que l'adoption de ce nouveau point de vue nous conduise trop avant dans une perspective rhétoricienne, Fumaroli a en tout cas le mérite de souligner les limites de deux notions, le baroque et le classique, qui nous paraissaient évidentes.

La voie relativiste

C'est sans doute la plus commode actuellement : il n'y a pas d'œuvre baroque ou classique, mais seulement une lecture ou une interprétation baroque ou classique. C'est patent pour les pièces de théâtre qui étaient représentées d'abord à Versailles, ou du moins devant le

1. Les jansénistes tiennent leur nom de Jansénius, théologien hollandais (1585-1638) qui s'inspirait de la doctrine sur la grâce de saint Augustin : les élus, auxquels est promis le paradis, y sont prédestinés par Dieu. Cette thèse allait à l'encontre des idées des jésuites, membres de la Compagnie de Jésus fondée en 1540 par Ignace de Loyola, théologien espagnol (1491 ?-1556). Les jésuites défendaient en effet l'importance de la liberté humaine et des actes de charité. Cette opposition théologique avait des prolongements moraux (morale stricte des jansénistes contre laxisme des jésuites) et politiques (volonté d'indépendance française des jansénistes contre soumission totale au pape prônée par les jésuites). Au XVIIe siècle, les jansénistes furent souvent persécutés, notamment par Louis XIV, tandis que les jésuites jouissaient d'un grand pouvoir. Le couvent de Port-Royal était le foyer de la résistance janséniste.

roi, puis à Paris. Une même œuvre, *Le Bourgeois gentilhomme* par exemple, peut être adaptée aux besoins de la cour – il s'agit alors d'une magnificente comédie-ballet[1] –, ou à ceux de la ville : on la débarrasse alors de tous les oripeaux baroques pour ne conserver que le cœur de l'intrigue. Un tel point de vue, s'il sert à sortir du sectarisme et de l'étiquetage critique, mène toutefois à un affaiblissement des notions ; à force de ne plus vouloir prendre de risque, on finit par laisser de côté la question, certes cent fois rebattue, du baroque et du classique.

*
* *

De toutes les voies que nous avons explorées, les quatre dernières nous semblent les plus prometteuses : les deux premières sont obsolètes, le principal garant de la troisième se désavoue à demi-mot, et la quatrième évite à grand-peine le précipice de l'abstraction verbeuse. À vous de choisir la piste qui vous semble la plus enrichissante dans la lecture des œuvres.

Quel que soit le mouvement critique, il subsiste un certain accord sur l'évolution littéraire au XVIIe siècle : il y eut durant le règne de Louis XIV un fort rejet de la littérature précédente, au nom de nouvelles règles, d'idéaux de clarté, de simplicité et de naturel, qui se définirent contre le pédantisme et la profusion de figures. On peut discerner une grande tendance dans la deuxième moitié du siècle : les genres sont mieux compartimentés, on refuse l'hybride tragi-comédie, le merveilleux est cantonné à l'opéra, le burlesque de plus

1. Voir p. 100 et 105.

en plus rejeté. Cette évolution est si lente et complexe, qu'il est absurde de distinguer strictement une littérature baroque d'une littérature classique : que faire alors de Molière*, qui oscille entre «grande comédie» et farce ? Où situer La Rochefoucauld* ? Il faut prendre ses distances avec deux sectes critiques, l'une voyant du baroque partout, l'autre du classique. Une vision historique de la littérature du XVIIe siècle ne peut se cantonner à une telle opposition, il est plus fructueux de retracer des évolutions majeures, où nous reconnaîtrons les fameux traits baroques et classiques adulés par les critiques modernes. La tâche est d'autant plus ardue que nous avons paradoxalement moins de distance avec le XVIIe siècle qu'avec le XIXe : les questionnements cruciaux sur les rapports entre littérature et politique valent pour notre temps comme pour le Grand Siècle.

REPÈRES HISTORIQUES ET CULTURELS

De 1589 à 1715

CHRONOLOGIE

1589	Assassinat d'Henri III. Henri IV lui succède : fin de la dynastie des Valois, début de celle des Bourbon.
1590	Henri IV bat la Ligue[1] à Ivry.
1593	Henri IV abjure le protestantisme.
1594	Henri IV entre dans Paris.
1595	*Les Essais* de Montaigne (édition posthume).
1598	**Édit de Nantes**. Sully est nommé surintendant des Finances.
1607	Première partie de *L'Astrée*, d'Honoré d'Urfé* (publication des trois autres parties respectivement en 1610, 1619 et 1627).
1608	Réforme de Port-Royal. *Introduction à la vie dévote* de François de Sales.
1610	**Assassinat d'Henri IV par Ravaillac**. Régence de Marie de Médicis au nom de Louis XIII.
1611	Disgrâce de Sully. Concini au pouvoir.
1614	Majorité de Louis XIII. États généraux de Paris.
1616	Révolte nobiliaire contre Concini. Parution des *Tragiques* d'Agrippa d'Aubigné* (commencés en 1577).
1617	**Assassinat de Concini** sur ordre de Louis XIII. Marie de Médicis exilée à Blois.

1. *Ligue* : voir note 2, p. 153.

1618 Début de la guerre de Trente Ans, conflit politique et religieux qui déchire l'Allemagne – il oppose les princes allemands protestants et l'autorité impériale catholique – et prend bientôt une ampleur européenne avec l'intervention des grandes puissances étrangères.

1619 *Polexandre* de Marin Le Roy de Gomberville.

1620-1622 Expédition militaire contre les protestants, qui ne garderont finalement que deux villes fortifiées : La Rochelle et Montauban.

1621 *Les Bergeries* de Racan.
Œuvres poétiques de Théophile de Viau.

1623 *Histoire comique de Francion* de Charles Sorel.

1624 **Richelieu** entre au Conseil du roi et en prend la tête jusqu'en 1642.
Alliance des protestants rochelais et des Anglais.

1627-1628 Siège et prise de La Rochelle par les troupes royales.
Le Berger extravagant de Charles Sorel.

1629 *Œuvres* de Saint-Amant.

1630 Le 11 novembre, journée des Dupes (Louis XIII avait promis à Marie de Médicis, Gaston d'Orléans et Anne d'Autriche de renvoyer Richelieu mais il se ravise et livre au cardinal ses ennemis).
Œuvres de Malherbe.

1631 Fondation de *La Gazette* par Théophraste Renaudot.

1635	La France s'engage dans la guerre de Trente Ans. Louis XIII institue l'Académie française créée l'année précédente par Richelieu. Création de la Société des cinq auteurs, groupe de cinq écrivains (Boisrobert, Colletet, Pierre Corneille, de L'Estoile, Rotrou) réunis par Richelieu pour faire l'apologie de sa politique.
1636	*L'Illusion comique* de Corneille.
1637	*Le Cid* de Corneille, qui déclenche une vive polémique : la querelle du *Cid*. *Discours de la méthode* de Descartes.
1641	*Horace* de Corneille. *Méditations métaphysiques* de Descartes.
1642	Complot de Cinq-Mars à l'encontre de Richelieu. Exécution de Cinq-Mars et de ses complices. Mort de Richelieu ; **Mazarin** entre au Conseil du roi. *Polyeucte* de Corneille.
1643	Condé et Turenne à la tête des armées. Mort de Louis XIII, régence d'Anne d'Autriche au nom de Louis XIV. Cabale dite « des Importants », menée par une faction politique à l'encontre de Mazarin. Fondation de l'Illustre-Théâtre par Molière. *Le Page disgracié* de Tristan l'Hermite.
1644	*Rodogune* de Corneille.
1646	*Le Véritable Saint Genest* de Rotrou.

1647 Création de l'*Orfeo* de Luigi Rossi, premier opéra qui remporte du succès en France. *Remarques sur la langue française* de Vaugelas. *Rodogune* de Corneille.

1648 Traités de Westphalie qui mettent fin à la guerre de Trente Ans : la France gagne l'Alsace (sauf Strasbourg). Début de la **Fronde** – révolte contre le pouvoir royal menée successivement par les parlements (1648-1649) et par les princes (1651-1652).
Mazarinades. *Virgile travesti* de Scarron. *Méditation sur la brièveté de la vie* de Bossuet.

1649 La cour se réfugie à Saint-Germain et fait assiéger Paris par Condé. Soumission du Parlement et des bourgeois.
Artamène ou le Grand Cyrus de Mlle de Scudéry. *L'Autre Monde ou les États et Empires de la Lune*, de Cyrano de Bergerac. Traité des *Passions de l'âme* de Descartes.

1651 *Nicomède* de Corneille.
Le Roman comique de Scarron.

1653 **Bulle *Augustinus* condamnant le jansénisme**.
Fouquet est nommé surintendant des Finances. Il occupera cette fonction jusqu'en 1661.

1654-1660 *Clélie, histoire romaine* de Madeleine de Scudéry.

1655 Début de la guerre franco-espagnole qui s'achèvera en 1659 par le traité des Pyrénées.

1656	***Les Provinciales* de Pascal** défendent le jansénisme.
1657	*Pratique du théâtre* de l'abbé d'Aubignac*.
1659	*Les Précieuses ridicules* de Molière.
1660	*Grammaire générale et raisonnée* dite *de Port-Royal* d'Arnauld et Lancelot.
1661	Mort de Mazarin. Début du **règne personnel de Louis XIV**. Arrestation de Fouquet, accusé de malversations.
1662	Colbert devient contrôleur général des Finances. *L'École des femmes* de Molière, qui déclenche une vive polémique. Le cardinal de Retz entreprend la rédaction de ses *Mémoires*.
1664	*Tartuffe* de Molière, qui est interdit.
1665	La troupe de Molière devient troupe du roi. *Histoire amoureuse des Gaules* de Bussy-Rabutin. *Maximes* de La Rochefoucauld.
1666	Fondation de l'Académie des sciences.
1667-1668	Guerre de Dévolution motivée par les prétentions françaises sur les Pays-Bas, qui s'achève par le traité d'Aix-la-Chapelle : la France gagne Lille et Douai. Mme de Montespan devient la maîtresse de Louis XIV. Pascal entreprend la rédaction de notes qui constitueront les *Pensées*.
1668	*Andromaque* de Racine. *Fables* de La Fontaine.

1669 *Lettres portugaises* de Guilleragues.
Britannicus de Racine.

1670 *Le Bourgeois gentilhomme* de Molière.
Bérénice de Racine.
Tite et Bérénice de Corneille.

1671 Interdiction par le Conseil du roi de l'enseignement du cartésianisme, sur demande de la Sorbonne.
Les Entretiens d'Ariste et d'Eugène de Bouhours. *Les Fourberies de Scapin* de Molière.

1672-1679 Guerre de Hollande[1]. Elle s'achève par les traités de Nimègue qui donnent à la France la Franche-Comté, ainsi que Cambrai, Maubeuge et Longwy.

1672 Création du *Mercure galant.*
Bajazet de Racine.
Observations sur la langue française de Ménage.

1673-1679 Affaire des Poisons, qui compromet des personnalités de la cour (voir p. 49).

1673 *Le Malade imaginaire* de Molière.

1674 *Art poétique* de Boileau. *Suréna* de Corneille. *Iphigénie* de Racine.

1677 *Phèdre* de Racine.

1678 *La Princesse de Clèves* de Mme de Lafayette. Deuxième recueil des *Fables* de La Fontaine.

1680 Fondation de la Comédie-Française.
Début des dragonnades, persécutions exercées contre les protestants.

---

1. Voir note 1, p. 90.

1681	*Discours sur l'histoire universelle* de Bossuet.
1682	*Pensées diverses sur la comète* de Pierre Bayle. *Dialogues des morts* de Fontenelle.
1683	Mort de Colbert. Début de l'influence de la dévote Mme de Maintenon, aux dépens de Mme de Montespan. *Méditations chrétiennes et métaphysiques* de Malebranche.
1685	**Révocation de l'édit de Nantes**.
1686	*Entretiens sur la pluralité des mondes* de Fontenelle.
1688-1697	Guerre de la ligue d'Augsbourg, à partir des prétentions françaises sur le Luxembourg et le Palatinat.
1688	*Les Caractères* de La Bruyère. *Digressions sur les Anciens et les Modernes* de Fontenelle. *Parallèles des Anciens et des Modernes* de Charles Perrault.
1689	*Esther* de Racine.
1690	*Dictionnaire universel* de Furetière.
1691-1695	*Contes* de Charles Perrault.
1694	*Dictionnaire de l'Académie française.*
1695	*Dictionnaire historique et critique* de Pierre Bayle.
1696	*Abrégé de l'histoire de Port-Royal* de Racine. Première édition des *Lettres* de Mme de Sévigné.

1699	*Les Aventures de Télémaque* de Fénelon.
1701-1713	Guerre de Succession d'Espagne provoquée par l'avènement au trône de Philippe V, petit-fils de Louis XIV. Elle prend fin avec le traité d'Utrecht. Création du *Journal de Trévoux.*
1702-1704	Soulèvement protestant des Camisards dans les Cévennes.
1704	*Dictionnaire universel* (*Dictionnaire de Trévoux*).
1715	**Mort de Louis XIV**. Début de la régence de Philippe d'Orléans.

Baroque
et Classicisme

I. Le plaisir et la règle

Le passage de l'âge baroque au classicisme, qui concorde avec l'établissement progressif d'une monarchie absolue (avec Richelieu, Mazarin et surtout Louis XIV), se manifeste essentiellement par l'attention accrue accordée à la notion de règle, aux dépens de l'inspiration et du jeu. Mais on peut aussi considérer que l'opposition se fait en réalité entre une règle implicite (baroque, liée au monde des coutumes féodales et des règles mondaines qui n'ont pas forcément besoin d'être énoncées) et une règle explicite (classique, liée aux milieux bourgeois et judiciaires, à la monarchie organisatrice, aux règles édictées).

Martial de Brives
Parnasse séraphique, 1660

L'énigme est de nature baroque : au lieu de nommer directement l'objet et de le décrire, d'en sculpter la forme, le poète le contourne, le désigne de façon toujours mouvante et biaisée. Le but est de surprendre par la variété des indices, tout en conservant une solution cohérente. La dénomination n'est pas l'expression sérieuse, claire et univoque qu'imposera Malherbe*[1], elle épouse les caprices du jeu. Dans ce poème de Martial de Brives (?-1693) tiré

1. Voir p. 44.

du *Parnasse séraphique* (1660), l'énigme remotive une métaphore usée du langage courant – les vaniteux sont «gonflés d'importance», «s'enflent» de considération, v. 2 – en l'inscrivant dans une suite de paradoxes originaux. La règle implicite ici, c'est de faire voir le même «objet» insaisissable sous des angles absolument opposés, de façon chaque fois nouvelle et surprenante. La pointe finale, au lieu d'apporter une évidence, concentre le paradoxe, parachève l'obscurité factice du référent – factice puisque le titre nous a déjà éclairé, et qu'il fallait feindre l'ignorance.

Énigme sur le vent

Je suis et sur la terre et sous terre, et sur l'eau,
Je suis au cœur de ceux qui cherchent la louange;
Je respire sans vie, et l'on me croit si beau
Que quand on me veut peindre, on me peint comme
[un ange;

C'est à changer toujours que jamais je ne change,
Mon corps est tout poumon, je n'ai ni chair ni peau,
Je suis bon à la braise, et mauvais au flambeau,
Et l'on tend dans les airs le piège où l'on me range.

À faire avoir du pain utilement je sers,
Je déclare la guerre et forme les concerts,
Le duelliste est fou qui contre moi s'escrime.

Je fais quand il me plaît par un contraire effort,
Et mourir le bois vif, et vivre le bois mort,
Et redonne la mort au bois mort que j'anime.

«Énigme sur le vent», in Jean Rousset,
Anthologie de la poésie baroque française,
José Corti, 1968.

Sponde
Stances et sonnets de la mort, 1597

À côté de l'«inconstance blanche», de l'ivresse du changement, les poètes baroques cultivent parfois l'«inconstance noire» (Rousset, *Anthologie de la poésie baroque française*, *op. cit.*) : l'angoisse chrétienne devant l'instabilité de la nature humaine pointe et le sombre horizon de la mort obscurcit ces poèmes. La succession d'images fortes et variées est destinée à faire sentir l'inanité d'une vie fragile et de plaisirs fugaces. Sponde*, avec ce «Deuxième sonnet de la mort», illustre parfaitement ce baroque funèbre, adouci par la présence persistante d'une vie tumultueuse. Notez la profusion d'allitérations (v. 5), et cet effet digne des grands rhétoriqueurs, «ces clairs esclairs» (v. 9, graphie originale). À l'inverse, la syntaxe et la versification très simples annoncent déjà le style classique.

Deuxième sonnet de la mort

Mais si faut-il mourir[1], et la vie orgueilleuse,
Qui brave de[2] la mort, sentira ses fureurs,
Les soleils hâleront ces journalières fleurs,
Et le temps crèvera cette ampoule venteuse[3].

Ce beau flambeau[4] qui lance une flamme fumeuse,
Sur le vert de la cire éteindra ses ardeurs,
L'huile de ce tableau ternira ses couleurs,
Et ces flots se rompront à la rive écumeuse.

---

1. « Si » renforce la proposition. Il faut comprendre « Mais il faut bien mourir ».
2. *Qui brave de* : qui parle avec mépris de.
3. *Cette ampoule venteuse* : cette bulle d'air.
4. *Flambeau* : ici, grosse bougie de cire verte.

J'ai vu ces clairs éclairs passer devant mes yeux,
Et le tonnerre encor qui gronde dans les cieux,
Ou d'une ou d'autre part éclatera l'orage.

J'ai vu fondre la neige, et ces torrents tarir,
Ces lions rugissants, je les ai vus sans rage,
Vivez, hommes, vivez, mais si faut-il mourir.

Stances et sonnets de la mort,
José Corti, 1947, p 26.

Boileau
Art poétique, 1674

Les écrivains du XVIIe siècle avaient conscience de vivre une époque lumineuse et méprisaient les «ténèbres profondes» du Moyen Âge, selon l'expression du critique Saint-Évremond. Ces temps étaient barbares, pour les lettres et les arts comme pour les mœurs. Boileau reprend donc ici un lieu commun, mais en l'affinant, grâce à une analyse précise de l'évolution de la poésie française depuis les âges obscurs jusqu'à Malherbe. Peu importe la véracité de cette reconstruction historique, qui enterre Ronsard pour exalter Malherbe, c'est sa cohérence qui compte : la règle et la clarté sont adulées aux dépens de l'imagination créatrice. La doctrine de Boileau s'élabore en érigeant des modèles, mais aussi en rejetant les «faux brillants» des poètes marinistes[1], le burlesque, le «langage des halles», c'est-à-dire le parler du peuple. Elle a aussi une signification sociale très nette, il faut respecter les distinctions de styles et éviter les termes venus d'en bas : «Cette

1. *Marinistes* : adjectif formé sur le nom du poète italien Marini, également appelé le cavalier Marin, mort en 1625, célèbre pour son style exagérément sophistiqué, aux métaphores complexes et parfois obscures.

contagion [burlesque] infecta les provinces,/Du clerc et du bourgeois passa jusques aux princes/[...] Mais de ce style enfin la cour désabusée/ Dédaigna de ces vers l'extravagance aisée.» Boileau sous-entend qu'il revient à la cour de donner le *la* à Paris, puis dans les provinces, dans un mouvement centrifuge.

La vision rétrospective de Boileau se fonde sur des conceptions très proches des grammairiens du temps (Vaugelas, Arnauld et Lancelot [1]) : le langage doit exprimer de la façon la plus transparente possible la suite logique des idées. L'*Art poétique* est un manuel classique destiné à régler l'écriture et à fixer l'histoire littéraire.

Chant I

[...]
Durant les premiers ans du Parnasse [2] français
Le caprice tout seul faisait toutes les lois.
La rime, au bout des mots assemblée sans mesure,
Tenait lieu d'ornements, de nombre, de césure.
Villon [3] sut le premier dans ces siècles grossiers,
Débrouiller l'art confus de nos vieux romanciers.
Marot [4] bientôt après fit fleurir les ballades,

1. Voir p. 45.
2. Le Parnasse est un massif montagneux de Grèce. Dans l'Antiquité, il était considéré comme la montagne des Muses et était consacré au dieu Apollon. Le mot s'emploie «figurément pour les poètes et la poésie» (dictionnaire Furetière).
3. François Villon (v. 1431-apr. 1463) : poète, auteur des *Lais* (ou *Petit Testament*, 1456), du *Grand Testament* (1462), de l'*Épitaphe de Villon* (dite *Ballade des pendus*, 1463) ; il apparaît comme un maître du langage.
4. Clément Marot (1496-1544) : auteur de ballades et de rondeaux; fils de rhétoriqueur et valet de François Ier puis de sa sœur Marguerite, future reine de Navarre, il est aussi un poète de cour élégant dans ses *Épîtres*, ses *Épigrammes* et ses *Élégies*.

Tourna des triolets[1], rima des mascarades[2],
À des refrains réglés asservit les rondeaux[3],
Et montra pour rimer des chemins tout nouveaux.
Ronsard, qui le suivit par une autre méthode,
Réglant tout, brouilla tout[4], fit un art à sa mode,
Et toutefois longtemps eut un heureux destin.
Mais sa muse, en français parlant grec et latin[5],
Vit dans l'âge suivant, par un retour grotesque,
Tomber de ses grands mots le faste pédantesque.
Ce poète orgueilleux, trébuché[6] de si haut,
Rendit plus retenus Desportes[7] et Bertaut[8].
Enfin Malherbe vint, et, le premier en France,

1. *Triolets* : poèmes à forme fixe de huit vers et composés sur deux rimes, dont le premier, le quatrième et le septième vers sont identiques.

2. *Mascarades* : « vers faits pour les personnages qui figurent dans les mascarades » (dictionnaire Littré), c'est-à-dire dans les danses masquées et bouffonnes inspirées par la farce de la *commedia dell'arte.*

3. *Rondeaux* : poèmes du Moyen Âge à forme fixe, composés sur deux rimes et répétant des vers.

4. Malherbe fut le premier à attaquer systématiquement Ronsard (1524-1585), qu'il avait imité dans sa jeunesse. Certains gardèrent leur admiration pour ce dernier jusque tard dans le siècle : le poète Jacques Pradon s'indigna contre les vers assassins de Boileau.

5. Les poètes de la Pléiade enrichissaient la langue française de tournures et d'expressions grecques et latines pour en faire l'égale des langues anciennes. Il y eut des excès (« entéléchie », « onde aganippide », etc.).

6. *Trébuché* : ici, chuté (sens fort). Ronsard était nommé « Prince des poètes » et était adulé des têtes couronnées (Charles IX, Marie Stuart entre autres).

7. Philippe Desportes (1546-1606) : abbé courtisan et poète officiel d'Henri III, il est l'auteur d'*Élégies* et de poésies profanes. Critiquée par Malherbe (voir p. 44), son œuvre offre cependant une clarté de style annonciatrice du classicisme.

8. Jean Bertaut (1522-1611) : introduit à la cour par Desportes, ce poète gagna la faveur d'Henri III puis d'Henri IV.

Fit sentir dans les vers une juste cadence,
D'un mot mis en sa place enseigna le pouvoir,
Et réduisit la muse aux règles du devoir.
Par ce sage écrivain la langue réparée
N'offrit plus rien de rude à l'oreille épurée.
Les stances[1] avec grâce apprirent à tomber,
Et le vers sur le vers n'osa plus enjamber.
Tout reconnut ses lois[2]; et ce guide fidèle
Aux auteurs de ce temps[3] sert encor de modèle.
Marchez donc sur ses pas; aimez sa pureté,
Et de son tour heureux imitez la clarté.
Si le sens de vos vers tarde à se faire entendre,
Mon esprit aussitôt commence à se détendre[4],
Et, de vos vains discours prompt à se détacher,
Ne suit point un auteur qu'il faut toujours chercher.
Il est certains esprits dont les sombres pensées
Sont d'un nuage épais toujours embarrassées;
Le jour de la raison ne le saurait percer.
Avant donc que d'écrire apprenez à penser.
Selon que notre idée est plus ou moins obscure,
L'expression la suit, ou moins nette, ou plus pure.
Ce que l'on conçoit bien s'énonce clairement,
Et les mots pour le dire arrivent aisément.
[...]

Art poétique, éd. Sylvain Menant, GF-Flammarion, 1969, p. 90-91, v. 113 à 154.

---

1. *Stances* : poèmes lyriques, religieux ou élégiaques dont les vers sont séparés selon des unités de sens et dont les strophes présentent la même structure.
2. Boileau occulte les critiques que connut Malherbe (de la part de Desportes, Bertaut, Théophile de Viau) et l'oubli dans lequel il fut un moment plongé (avant et pendant la Fronde), « la fantaisie ayant tourné les Français aux énigmes, au burlesque » (Saint-Évremond).
3. Anciens (Boileau, La Fontaine) et Modernes (Perrault) se rejoignent sur ce point.
4. *Mon esprit [...] commence à se détendre* : mon attention commence à se relâcher.

Grammaire et « épurement » de la langue

Malherbe, poète officiel sous le règne d'Henri IV et la régence de Marie de Médicis, est le premier à exiger aussi systématiquement des hommes de lettres correction et clarté : même la langue poétique doit se rapprocher le plus possible de l'usage commun, de celui des « crocheteurs du Port-au-foin », du peuple. Il renie ainsi l'héritage de la Pléiade, dont les membres considéraient la langue poétique, inspirée, comme un idiome bien supérieur au babil du vulgaire. Au nom de l'usage, Malherbe condamne les tournures étranges qu'adopte le poète officiel d'Henri III, Desportes, dont il annote minutieusement un recueil (un exemplaire de Ronsard avait subi le même traitement, mais il a disparu). À partir de Malherbe, il n'est plus permis de choisir une tournure dialectale – il faut « dégasconner la cour » –, latine ou simplement arbitraire dans le but de respecter la métrique ou de jouer l'inspiré. Les principes malherbiens – usage commun, bon sens, respect des bienséances – seront approfondis par le cercle d'écrivains constitué vers 1625 autour du poète et grammairien Conrart. Richelieu, après avoir gagné à lui ce groupe grâce à ses « agents », les poètes Boisrobert, Chapelain et Faret, lui donna le statut officiel d'Académie française (1634-1635) : si le Parlement, jaloux de ses prérogatives et inquiété par la querelle du *Cid* (voir p. 47), réussit à la tenir éloignée des tentations de censure, il ne put l'empêcher de régenter la langue. Il s'agissait selon Nicolas Faret de « nettoyer la langue des ordures qu'elle avait contractées, ou dans la bouche du peuple, ou dans la foule du palais et dans les impuretés de la chicane, ou par les mauvais usages des courtisans ignorants, ou par l'abus de ceux qui la corrompent en écrivant, et de ceux qui disent bien dans les chaires ce qu'il faut dire, mais autrement qu'il ne faut» (cité par Pellisson). Toutes les catégories sociales sont donc en théorie concernées par l'entreprise académique.

Les *Remarques sur la langue française* (1647), du grammairien Vaugelas, changèrent la donne : ce n'est plus l'usage commun qui importe, mais le «bon usage», c'est-à-dire «la façon de parler de la plus saine partie de la cour, conformément à la façon d'écrire de la plus saine partie des auteurs du temps». Vaugelas rejette ainsi à la fois la «populace» et les savants, accusés de pédantisme. Au contraire, l'écrivain et philosophe La Mothe Le Vayer, dans sa *Lettre sur les Remarques* de Vaugelas (1647), s'attaque au principe d'une norme unique réglant langue parlée et langue écrite, et refuse de prendre la cour pour modèle. Ménage, dans ses *Observations sur la langue française* (1672), défend, quant à lui, le droit des savants de créer les néologismes indispensables : le bon usage rencontre des résistances.

La *Grammaire générale et raisonnée*, des jansénistes Arnauld et Lancelot, dite *Grammaire de Port-Royal* (1660), est une nouvelle rupture : la parole étant un des «plus grands avantages de l'homme», il ne faut pas en «avoir [...] seulement l'usage, mais [...] en pénétrer aussi les raisons, et [...] faire par science ce que les autres font seulement par coutume», est-il indiqué dans la préface. C'est redonner aux savants toute leur place et mettre la raison au-dessus de l'usage, puisque la parole doit exprimer clairement la pensée. Il convient de supprimer les caprices de l'usage, les vestiges de l'étymologie en adoptant une simplification phonétique de la langue. Dès lors s'opposeront les tenants de la raison et ceux de l'usage. Ces derniers étaient majoritaires à l'âge classique, sous la bienveillante houlette du père Bouhours *, qui avait pour mérite, contrairement à Vaugelas, d'avoir la pleine estime de grands auteurs comme Bossuet *, La Fontaine * et Racine. Du côté de la raison, on ne peut guère retenir que la *Rhétorique* du père Lamy (1688). Les deux partis auront, à proportion de leur force, contribué à épurer (ou à appauvrir ?) la langue française. Le rôle des écrivains et des traducteurs (les « belles infidèles », traductions recherchant l'élégance plutôt que l'exactitude) ne doit pas être sous-estimé : leur goût allait généralement dans le sens de cet épurement.

Corneille
Avertissement du *Cid*, édition de 1648

Cet avertissement se ressent de la querelle du *Cid* (1637). Le dramaturge Georges de Scudéry l'avait lancée avec ses *Observations sur le Cid*. En usant d'une distinction aristotélicienne (vrai/ vraisemblable), il condamnait à son sujet un scandale moral : «il est vrai que Chimène épousa le Cid, mais [...] il n'est point vraisemblable qu'une fille d'honneur épouse le meurtrier de son père. Cet événement était bon pour l'historien, mais il ne valait rien pour le poète [...] ». Face au refus de Corneille de disputer, Scudéry s'en remet à l'arbitrage de l'Académie française. Corneille doit faire de même, sous la pression du poète Boisrobert, son ami mais aussi un «agent» de Richelieu. Pourtant, Guez de Balzac *, dans sa *Lettre à M. de Scudéry* lue à l'Académie en août 1637, défendait Corneille et affirmait qu'il «était arrivé à son but [plaire au public] encore que ce ne soit pas par le chemin d'Aristote». Se mettant du côté de Scudéry, *Les Sentiments de l'Académie française* (décembre 1637) – très influencés par Richelieu – attaquaient Corneille moins sur les trois unités que sur les bienséances et le vraisemblable : «Il y a des vérités monstrueuses, ou qu'il faut supprimer pour le bien de la société, ou [...] [qu']il faut se contenter de [...] remarquer comme des choses étranges.»

En 1648, Richelieu était mort, Corneille pouvait défendre son point de vue, et d'une autre façon que celle employée par Guez de Balzac, en s'appuyant sur l'autorité invoquée par ses ennemis : Aristote. Il persista à défendre le vrai (historique) dans ses écrits théoriques (*Trois Discours sur le poème dramatique*, 1660). En voulant aller «au-delà du vraisemblable», il refusait l'uniformité classique, tout en acceptant le principe d'une règle.

[...] Aristote ne s'est pas expliqué si clairement dans sa *Poétique*, que nous n'en puissions faire ainsi que les philosophes, qui le tirent chacun à leur parti dans leurs opinions contraires, et comme c'est un pays inconnu pour beaucoup de monde, les plus zélés partisans du *Cid* en ont cru ses censeurs sur leur parole, et se sont imaginés avoir pleinement satisfait à toutes leurs objections, quand ils ont soutenu qu'il importait peu qu'il fût selon les règles d'Aristote, et qu'Aristote en avait fait pour son siècle, et pour des Grecs, et non pas pour le nôtre et pour des Français.

Cette seconde erreur que mon silence a affermie n'est pas moins injurieuse à Aristote qu'à moi. Ce grand homme a traité la poétique avec tant d'adresse et de jugement, que les préceptes qu'il nous en a laissés sont de tous les temps et de tous les peuples, et bien loin de s'amuser au détail des bienséances et des agréments qui peuvent être divers selon que ces deux circonstances sont diverses, il a été droit aux mouvements de l'âme dont la nature ne change point. Il a montré quelles passions la tragédie doit exciter dans celles de ses auditeurs; il a cherché quelles conditions sont nécessaires, et aux personnes qu'on introduit, et aux événements qu'on représente, pour les y faire naître; il en a laissé des moyens qui auraient produit leur effet partout dès la création du monde, et qui seront capables de le produire encore partout, tant qu'il y aura des théâtres et des acteurs; et pour le reste, que les temps et les lieux peuvent changer, il l'a négligé, et n'a pas même prescrit le nombre des actes, qui n'a été réglé que par Horace[1] beaucoup après lui.

1. Horace, *Art poétique* (v. 189-190).

Et certes je serais le premier qui condamnerais *Le Cid*, s'il péchait contre ces grandes et souveraines maximes que nous tenons de ce philosophe, mais bien loin d'en demeurer d'accord, j'ose dire que cet heureux poème n'a si extraordinairement réussi que parce qu'on y voit les deux maîtresses conditions (permettez-moi cette épithète) que demande ce grand maître aux excellentes tragédies [...]. La première est que celui qui souffre et est persécuté ne soit ni tout méchant ni tout vertueux, mais un homme plus vertueux que méchant qui, par quelque trait de faiblesse humaine qui ne soit pas un crime, tombe dans un malheur qu'il ne mérite pas; l'autre, que la persécution et le péril ne viennent point d'un ennemi, ni d'un indifférent, mais d'une personne qui doive aimer celui qui souffre et en être aimée. [...]

Le Cid, éd. Boris Donné,
GF-Flammarion « Dossier », 2003, p. 192-194.

Mme de Sévigné
Lettres, 1671-1696

La marquise de Brinvilliers avait empoisonné avec l'aide de son amant, dénommé Sainte-Croix, son riche mari et ses deux enfants, pour les empêcher de réclamer leur part de la succession. Condamnée en 1673, elle s'enfuit aux Pays-Bas, mais fut retrouvée trois ans plus tard dans un couvent de Liège, ramenée en France, puis condamnée à la décapitation – mieux considérée que la pendaison, elle était réservée aux nobles – par le Parlement; repentante, elle demanda à être brûlée vive. L'affaire prit une grande ampleur en raison du rang de l'accusée, mais aussi parce que cette dernière avait tenté d'impliquer M. Pennautier, un richissime financier très lié à Colbert, pour en obtenir la protection forcée. La longue impunité des deux coupables et l'émotion du public s'expliquent par l'ignorance générale en matière de substances toxiques (l'arsenic notamment) et par les enjeux politiques.

Le style épistolaire de Mme de Sévigné * imite la conversation de salon, vive et spirituelle. L'idéal est alors le naturel : les règles implicites d'urbanité et de bienséance supplantent ici les règles édictées par les «pédants». La lettre est un genre neuf, dans lequel s'illustrent Guez de Balzac et Voiture; c'est un véritable laboratoire pour les partisans d'une littérature mondaine et libre.

À Mme de Grignan

À Paris, ce vendredi 17 juillet [1676]

Enfin c'en est fait, la Brinvilliers est en l'air; son pauvre petit corps a été jeté, après l'exécution, dans un fort grand feu, et les cendres au vent; de sorte que nous la respirerons, et par la communication des petits esprits[1], il nous prendra quelque humeur[2] empoisonnante, dont nous serons tous étonnés. Elle fut jugée dès hier; ce matin, on lui a lu son arrêt, qui

---

1. Dans le système médical de l'époque, encore largement inspiré par le médecin grec Galien (v. 131-v. 201), on appelle «esprits» les «atomes légers et volatils, qui sont les parties les plus subtiles des corps, qui leur donnent le mouvement, et qui sont moyens entre le corps et les facultés de l'âme, et qui lui servent à faire toutes ses opérations» (dictionnaire Furetière). Le terme s'emploie par ailleurs en chimie pour désigner des produits volatils ou gazeux, notamment dans l'expression «esprits arsenicaux» ; Mme de Sévigné joue sur ce double sens.
2. *Humeur* : ici, terme de chimie, proche d'«esprits».

était de faire amende honorable[1] à Notre-Dame, et d'avoir la tête coupée, son corps brûlé, les cendres au vent. On l'a présentée à la question[2]; elle a dit qu'il n'en était pas besoin, et qu'elle dirait tout; en effet, jusqu'à cinq heures du soir elle a conté sa vie, encore plus épouvantable qu'on ne le pensait. Elle a empoisonné dix fois de suite son père (elle ne pouvait en venir à bout), ses frères et plusieurs autres; et toujours l'amour et les confidences mêlés partout. Elle n'a rien dit contre Pennautier. Après cette confession, on n'a pas laissé de lui donner la question dès le matin, ordinaire et extraordinaire[3]: elle n'en a pas dit davantage. Elle a demandé à parler à M. le Procureur général; elle a été une heure avec lui : on ne sait point encore le sujet de cette conversation. À six heures on l'a menée nue en chemise et la corde au cou, à Notre-Dame, faire l'amende honorable; et puis on l'a remise dans le même tombereau[4], où je l'ai vue, jetée à reculons sur de la paille, avec une cornette[5] basse et sa chemise, un docteur[6] auprès d'elle, le bourreau de l'autre côté : en vérité, cela m'a fait frémir. Ceux qui ont vu l'exécution disent qu'elle a monté sur l'échafaud avec

1. *Amende honorable* : peine infamante consistant à « aller nu en chemise, la torche au poing, et la corde au cou devant une église, ou dans un auditoire, demander pardon à Dieu, au roi et à la justice de quelque méchante action » (dictionnaire Furetière).
2. *Question* : torture destinée à obtenir les aveux de l'accusé et la dénonciation de ses complices.
3. La question pouvait être ordinaire ou extraordinaire selon l'intensité des supplices infligés, lesquels variaient selon les régions et les coutumes.
4. *Tombereau* : voiture de charge faite d'une caisse montée sur deux roues.
5. *Cornette* : coiffe portée la nuit par les femmes.
6. *Un docteur* : ici, son confesseur.

bien du courage. Pour moi, j'étais sur le pont Notre-Dame, avec la bonne d'Escars[1]; jamais il ne s'est vu tant de monde, ni Paris si ému ni si attentif; et demandez-moi ce qu'on a vu, car pour moi je n'ai vu qu'une cornette; mais enfin ce jour était consacré à cette tragédie. J'en saurai demain davantage, et cela vous reviendra. [...]

Lettres, éd. Bernard Raffalli,
GF-Flammarion, 1976, p. 204-205.

Bouhours
Les Entretiens d'Ariste et d'Eugène, 1671

En plein apogée classique, la règle ne règne pas seule. Le père Bouhours, qu'aucun de ses contemporains n'aurait eu l'idée de qualifier de «baroque», élabore une esthétique «négative» proche de la «théologie négative» : comme la divinité que l'homme ne peut nommer directement, le «je ne sais quoi» – qui fait toute la différence entre un ouvrage régulier et un chef-d'œuvre – ne peut être défini strictement; il faut se contenter de le sentir et d'en peindre les effets. Dans ce passage, Bouhours doit recourir à toutes sortes de métaphores et de comparaisons pour dire cet indicible, retrouvant la nomination multiple chère aux poètes baroques. La présence du vent[2] et la tournure paradoxale («il n'y a rien de plus connu ni de plus inconnu dans le monde») l'en rapprochent aussi. De formation jésuite, Bouhours continue à user de l'analogie chère à la scolastique[3] et persiste à se référer à l'ancienne physique, refusant un monde cartésien, mécaniste et désenchanté.

1. Amie de Mme de Sévigné.
2. Voir aussi p. 38.
3. La scolastique désigne la philosophie et la théologie enseignées au Moyen Âge par des lettrés chrétiens, qui s'inspiraient

La métaphore, qu'il réhabilite malgré Malherbe, est la traduction littéraire de cette conviction. Son style attique[1], limpide en fait pourtant un «classique». Le père Bouhours est sans doute la meilleure preuve de l'inanité d'une stricte séparation entre baroque et classicisme. Bien qu'ils empruntent leur forme au dialogue socratique, *Les Entretiens d'Ariste et d'Eugène* sont moins philosophiques que mondains et traitent de sujets de conversation alors à la mode.

[...] Quoi qu'il en soit, dit Ariste, il est certain que le je ne sais quoi est de la nature de ces choses, qu'on ne connaît que par les effets qu'elles produisent. Nos yeux sont témoins des mouvements admirables que l'aimant cause dans le fer; mais qui peut dire ce que c'est que la vertu[2] de cette pierre merveilleuse? Le vent qui ébranle les montagnes et les rochers, qui renverse les villes, qui trouble tous les éléments, est quelque chose qu'on ne voit point, et qu'on n'a pu encore bien définir; non plus que les influences[3] qui viennent du ciel, et qui forment les minéraux dans les entrailles de la terre. Disons le même de cet agrément et de ce charme particulier dont nous parlons; il attire

d'Aristote et de saint Thomas d'Aquin. Au XVIIe siècle, l'Université lui reste fidèle, qui n'a pas encore su assimiler la révolution scientifique initiée par Descartes.

1. Voir présentation, p. 21.
2. L'ancienne physique expliquait les propriétés des corps par des facultés intrinsèques, ce qui conduisait à des tautologies démonstratives : l'opium fait dormir parce qu'il a une vertu dormitive, l'aimant attire le fer parce qu'il a une vertu magnétique, etc.
3. *Influences* : «qualités qu'on dit s'écouler du corps des astres, ou l'effet de leur chaleur et de leur lumière, à qui les astrologues attribuent tous les événements qui arrivent sur la terre».

les cœurs les plus durs, il excite quelquefois de très nobles sentiments; mais il ne se fait jamais connaître que par là. Son prix et son avantage consiste à être caché : il est comme la source de ce fleuve de l'Égypte, d'autant plus fameuse qu'elle n'a point encore été découverte[1]; ou comme cette divinité inconnue des Anciens, qu'on n'adorait que parce qu'on ne la connaissait pas. [...] il est du je ne sais quoi comme de ces beautés, qui sont d'autant plus estimées, qu'elles sont moins exposées à la vue; et auxquelles l'imagination ajoute toujours quelque chose. [...] Au reste comme on ne saurait l'expliquer, on ne saurait aussi le peindre, et c'est peut-être pour cela qu'on ne peut faire aimer véritablement une personne en faisant voir son portrait, non plus qu'en faisant son éloge, quoi qu'en disent les fables et les romans. La description la plus avantageuse, et le portrait le plus flatté peuvent donner de l'estime pour la personne, et une grande envie de la voir; mais ni l'un ni l'autre ne cause jamais une vraie inclination; parce que le pinceau et la langue ne peuvent exprimer le je ne sais quoi qui fait tout. [...]

Ce qui m'étonne le plus, dit Eugène, c'est que ce même homme qui vous déplaît, me plaira peut-être. Il ne faut pas s'en étonner : comme il y a de je ne sais quoi universels, dont tout le monde est touché également, il y en a de singuliers qui ne touchent que quelques personnes [...]. Tous les hommes ont un je ne sais quoi particulier qui fait qu'ils plaisent, ou déplaisent à la première vue, selon les différentes personnes qui les voient; et c'est le fondement de ce

1. Les sources du Nil n'ont été découvertes qu'au XIXe siècle par des expéditions britanniques.

qu'on appelle sympathie ou antipathie. [...] Au moins, ajouta Eugène, le je ne sais quoi est renfermé dans les choses naturelles; car pour les ouvrages de l'art toutes les beautés y sont marquées, et l'on sait bien pourquoi ils plaisent. Je n'en tombe pas d'accord, repartit[1] Ariste; le je ne sais quoi appartient à l'art, aussi bien qu'à la nature : sans parler des manières différentes des peintres, ce qui nous charme [...] dans ces peintures et dans ces statues, c'est un je ne sais quoi inexplicable. Aussi les grands maîtres qui ont découvert que rien ne plaît davantage dans la nature, que ce qui plaît sans qu'on sache bien pourquoi, ont tâché toujours de donner de l'agrément à leurs ouvrages, en cachant leur art avec beaucoup de soin et d'artifice[2]. [...] Il y a de grandes beautés dans les livres de Balzac; ce sont des beautés régulières[3] qui plaisent beaucoup : mais il faut avouer que les ouvrages de Voiture, qui ont ces charmes secrets, ces grâces fines et cachées dont nous parlons, plaisent infiniment davantage. [...]

Les Entretiens d'Ariste et d'Eugène,
Armand Colin, 1962, p. 143-148.

1. *Repartit* : répliqua.
2. *Artifice* : ingéniosité, habileté (le terme n'était pas forcément péjoratif au XVIIe siècle).
3. *Régulières* : conformes aux règles.

II. Théâtre du monde

L'image du *theatrum mundi*, «théâtre du monde», dont les hommes ne sont que des acteurs, même si elle trouve son terrain d'élection sur scène, hante tous les écrits du siècle. Cette métaphore remonte à l'Antiquité grecque et a été mise à l'honneur par le stoïcisme[1] (avec Épictète) et le néoplatonisme[2] (avec Plotin), avant d'être christianisée. Après une période d'oubli relatif au Moyen Âge, malgré l'usage chrétien qu'en fait le philosophe scolastique Jean de Salisbury au XIIe siècle, le «théâtre du monde» est redevenu en vogue au moment où se développait la société de cour : ce lieu commun avait l'avantage de combiner l'interprétation religieuse du monde (l'homme est le dérisoire acteur d'une pièce dont la Providence est le texte caché) et l'idéologie de cour (le courtisan joue un rôle, il n'est que ce qu'il paraît). On a souvent vu dans cette image la meilleure expression d'une conception «baroque» de la vie.

---

1. *Stoïcisme* : école philosophique fondée en Grèce au IIIe siècle avant Jésus-Christ par Zénon de Citium, selon laquelle Dieu et le Monde ne font qu'un et pour laquelle le meilleur chemin vers le bonheur réside dans une vertu très austère. Le philosophe Épictète (50-125 ou 130) est un de ses représentants.
2. *Néoplatonisme* : doctrine philosophique qui prend naissance vers la fin du IIe siècle à Alexandrie et qui demeure fidèle aux idées de Platon (le monde sensible n'est que le reflet appauvri du monde des idées). Plotin (v. 205-270) est l'un de ses représentants.

Corneille
L'Illusion comique, 1636

L'Illusion comique (au sens d'«illusion théâtrale») est le premier chef-d'œuvre du théâtre baroque français : le magicien Alcandre fait voir à Pridamant les aventures de son fils Clindor. Cette illusion magique se double d'une illusion théâtrale, puisque les aventures tragiques de Clindor se révèlent finalement être les péripéties d'une pièce jouée par le jeune homme devenu comédien. Pridamant, qui croyait son fils mort, accepte ainsi sa nouvelle profession. Cette pièce se compose donc de trois niveaux emboîtés (Alcandre et Pridamant/ les personnages incarnés par la troupe de Clindor/ la troupe de Clindor). La double illusion n'est pas vaine puisqu'elle réconcilie un père et son fils. C'est aussi une apologie du théâtre, que Richelieu s'efforçait alors de réhabiliter. Corneille, qui qualifiait déjà son œuvre d'«étrange monstre» dans sa première édition de 1639 – avec une fausse modestie évidente –, formule des critiques sévères et sérieuses dans son édition de 1660 : c'est un «caprice», «une galanterie extravagante qui a tant d'irrégularités qu'elle ne vaut pas la peine de la considérer». Il fallait alors nécessairement composer avec la règle classique, quitte à se renier.

Acte V, scène 6

ALCANDRE

Ainsi de notre espoir la fortune[1] se joue ;
Tout s'élève ou s'abaisse au branle de sa roue[2],

---

1. *La fortune* : le sort.
2. *Au branle de sa roue* : au mouvement de sa roue. La Fortune est traditionnellement représentée sous les traits d'une femme qui pousse une roue.

Et son ordre inégal[1] qui régit l'univers
Au milieu du bonheur a ses plus grands revers.

PRIDAMANT

Cette réflexion mal propre pour un père
Consolerait peut-être une douleur légère.
Mais, après avoir vu mon fils assassiné,
Mes plaisirs foudroyés, mon espoir ruiné,
J'aurais d'un si grand coup l'âme bien peu blessée,
Si de pareils discours m'entraient dans la pensée.
Hélas! dans sa misère il ne pouvait périr,
Et son bonheur fatal lui seul l'a fait mourir!
N'attendez pas de moi des plaintes davantage :
La douleur qui se plaint cherche qu'on la soulage;
La mienne court après son déplorable sort.
Adieu, je vais mourir, puisque mon fils est mort.

ALCANDRE

D'un juste désespoir l'effort est légitime,
Et de le détourner je croirais faire un crime.
Oui, suivez ce cher fils sans attendre à demain,
Mais épargnez du moins ce coup à votre main :
Laissez faire aux douleurs qui rongent vos entrailles,
Et, pour les redoubler, voyez ses funérailles.

On tire un rideau et on voit tous les comédiens qui partagent leur argent.

PRIDAMANT

Que vois-je! chez les morts compte-t-on de l'argent?

ALCANDRE

Voyez si pas un d'eux s'y montre négligent!

1. *Inégal* : irrégulier.

PRIDAMANT

Je vois Clindor, Rosine. Ah ! Dieu ! quelle surprise !
Je vois leur assassin, je vois sa femme et Lyse[1] !
Quel charme en un moment étouffe leurs discords[2]
Pour assembler ainsi les vivants et les morts ?

ALCANDRE

Ainsi, tous les acteurs d'une troupe comique[3],
Leur poème récité, partagent leur pratique[4].
L'un tue et l'autre meurt, l'autre vous fait pitié,
Mais la scène préside à leur inimitié ;
Leurs vers font leur combat, leur mort suit leurs [paroles,
Et sans prendre intérêt en pas un de leurs rôles[5],
Le traître et le trahi, le mort et le vivant
Se trouvent à la fin amis comme devant[6].
[…]

L'Illusion comique, éd. Jean-Yves Huet,
GF-Flammarion « Dossier »,
1997, p. 134-136, v. 1725-1760.

---

1. Lyse est la servante d'Isabelle, une jeune femme que Clindor a séduite et épousée. Rosine est la femme du prince anglais Florilame, courtisée elle aussi par Clindor. Le mari jaloux fait abattre Clindor et Rosine par ses sbires.
2. *Discords* : querelles ; l'élision du *e* est imposée par la rime.
3. *Troupe comique* : ici, troupe théâtrale.
4. *Pratique* : recette.
5. *Sans prendre intérêt en pas un de leurs rôles* : sans se passionner pour aucun de leurs rôles.
6. *Devant* : auparavant.

Rotrou
Le Véritable Saint Genest, 1646

Le Véritable Saint Genest représente à la fois la conversion et l'illusion théâtrale, comme si Rotrou* avait mis dans un même creuset *Polyeucte* (1642)[1] et *L'Illusion comique* (1636) de Corneille. L'intrigue est tirée d'une pièce de l'Espagnol Lope de Vega, *Lo fingido verdadero* (publiée en 1620). Rotrou avait d'ailleurs songé pour sa pièce au titre traduit, *Le Feint véritable*. Le comédien Genest et sa troupe doivent représenter devant les empereurs païens Dioclétien et Maximin[2] et leur cour, le martyre d'Adrian, Romain qui s'était converti à la foi chrétienne et avait persisté à la professer malgré les menaces de son maître Maximin. En jouant ce personnage, Genest est réellement touché par la grâce : refusant les commodes malentendus de l'illusion théâtrale, il subit un martyre réel, qui redouble le martyre représenté. L'Hôtel de Bourgogne disposait alors d'un décor adapté à cette mise en abyme, puisqu'il se composait d'une perspective à l'italienne avec un «petit théâtre» sur la scène (bail de 1616). Plusieurs traits distinctifs font de la pièce de Rotrou le parangon de la tragicomédie[3] baroque : la confusion entre illusion et réalité, le théâtre dans le théâtre, le triple spectacle (spectateurs réels/ spectateurs impériaux/ acteurs-spectateurs surpris

1. Tragédie dont l'intrigue suit la conversion du Romain Polyeucte au christianisme, malgré les persécutions encourues.
2. Dioclétien fut empereur romain de 284 à 313. Il maria sa fille Valeria (Valérie) à Caius Galerius Valerius Maximianus, que Rotrou appelle ici Maximin. Avec ce dernier, Dioclétien s'associa pour diriger la moitié occidentale de l'Empire (305-311) qu'il avait partagé en deux parties, confiant l'Orient à Maximien (empereur de 286 à 305 et de 306 à 310).
3. Bien que Rotrou ait nommé sa pièce «tragédie», probablement par souci de respectabilité et parce que la mode des tragicomédies était passée.

par la conversion de leur chef), le théâtre du monde, la multiplicité d'actions convergentes, le mélange des genres (comique, tragique), des tons (lyrique, technique, banal) et des rangs sociaux (comédiens, empereurs). Seuls l'unité de temps, la relative unité de lieu (palais impérial) et les cinq actes rapprochent Rotrou du théâtre classique.

Acte IV, scène 7

GENEST[1],
regardant le ciel, le chapeau à la main.

Suprême Majesté, qui jettes dans les âmes
Avec deux gouttes d'eau[2] de si sensibles flammes,
Achève tes bontés, représente avec moi
Les saints progrès des cœurs convertis à ta foi !
Faisons voir dans l'amour dont le feu nous [consomme,
Toi le pouvoir d'un Dieu, moi le devoir d'un homme ;
Toi l'accueil d'un vainqueur sensible au repentir,
Et moi, Seigneur, la force et l'ardeur d'un martyr.

MAXIMIN

Il feint comme animé des grâces du baptême.

VALÉRIE[3]

Sa feinte passerait pour la vérité même.

PLANCIEN[4]

Certes, ou ce spectacle est une vérité,
Ou jamais rien de faux ne fut mieux imité.

---

1. Genest vient de mettre bas le masque de comédien : auparavant, c'était le nom de son personnage qui était indiqué, Adrian.
2. Allusion à l'eau du baptême.
3. Valérie : fille de Dioclétien, spectatrice.
4. Plancien, préfet, est un spectateur.

GENEST

Et vous, chers compagnons de la basse fortune
Qui m'a rendu la vie avecque vous commune,
Marcelle[1], et vous, Sergeste, avec qui tant de fois
J'ai du Dieu des chrétiens scandalisé les lois,
Si je puis vous prescrire un avis salutaire,
Cruels, adorez-en jusqu'au moindre mystère[2],
Et cessez d'attacher avec de nouveaux clous
Un dieu qui sur la croix daigne mourir pour vous;
Mon cœur illuminé d'une grâce céleste…

MARCELLE

Il ne dit pas un mot du couplet qui lui reste.

SERGESTE

Comment, se préparant avecque tant de soin…

LENTULE,

regardant derrière la tapisserie.

Hola, qui tient la pièce[3]?

GENEST

Il n'en est plus besoin.
Dedans cette action, où le Ciel s'intéresse,
Un ange tient la pièce, un ange me r'adresse[4] :

1. Marcelle, Sergeste et Lentule font partie de la troupe de Genest.
2. On appelle «mystères» les «vérités révélées aux chrétiens […] dans l'intelligence desquelles la raison humaine ne peut pénétrer : le mystère de la Trinité, de l'Incarnation, de la Rédemption, de l'Eucharistie. La foi consiste en la croyance des mystères» (dictionnaire Furetière).
3. *Qui tient la pièce?* : qui est le souffleur?
4. *Me r'adresse* : me souffle.

Un ange, par son ordre, a comblé mes souhaits,
Et de l'eau du baptême effacé mes forfaits.
Ce monde périssable et sa gloire frivole
Est une comédie où j'ignorais mon rôle.
J'ignorais de quel feu mon cœur devait brûler;
Le démon me dictait quand Dieu voulait parler;
Mais depuis que le soin d'un esprit angélique
Me conduit, me redresse et m'apprend ma réplique,
J'ai corrigé mon rôle, et le démon confus,
M'en voyant mieux instruit, ne me suggère[1] plus.
J'ai pleuré mes péchés, le Ciel a vu mes larmes;
Dedans cette action il a trouvé des charmes,
M'a départi sa grâce, est mon approbateur,
Me propose des prix, et m'a fait son acteur.
[...]

Le Véritable Saint Genest, éd. Emmanuelle Hénin et François Bonfils, GF-Flammarion « Dossier », 1999, p. 93-94, v. 1275-1314.

Racine
Phèdre, 1677

Les héros cornéliens n'existent que par l'ostentation – ils sont ce qu'ils décident de paraître –, les héros de Racine, eux, tentent de cacher ce qu'ils sont, fuient souvent le théâtre du monde, jamais très éloigné de la chambre de tortures. L'héroïsme amoureux et politique fait place à une conception pessimiste, janséniste, de l'homme. Dans *Phèdre* (pièce classique respectant les trois unités de temps, de lieu et d'action), l'héroïne éprouve un amour

1. *Suggère* : « fourni[t] à quelqu'un des pensées, des paroles, des desseins, et les lui fai[t] entrer adroitement dans l'esprit » (dictionnaire Furetière). Rotrou joue sur le sens du mot : avant la conversion de Genest, Satan était le souffleur de la pièce, c'est-à-dire l'inspirateur de sa vie.

incestueux mais irrépressible pour Hippolyte, fils de son mari Thésée et d'Antiope, reine des Amazones. Sa passion est redoublée par l'annonce de la mort de Thésée : lucide, elle veut se suicider mais en est empêchée par sa suivante Œnone, qui obtient d'elle l'aveu de sa passion. Phèdre, descendante du Soleil[1], veut en vain s'arracher à sa lumière et masquer ses sentiments, mais même son désir de se réfugier dans l'« ombre des forêts » la trahit : Hippolyte vit dans les bois en chasseur solitaire, chaste comme Diane, farouche comme les Amazones. Racine peint une passion amoureuse destructrice, nouvelle fatalité intérieure, qui mène ici à la mort des coupables Phèdre et Œnone, mais aussi à celle de l'innocent Hippolyte. Sa configuration favorite est la « chaîne amoureuse » : Thésée aime sans retour Phèdre qui aime en vain Hippolyte qui aime Aricie. C'est aussi une façon pour l'Ancien qu'est Racine de lutter contre la vision « moderne » et galante de l'amour.

Acte I, scène 3

PHÈDRE[2]

[…]
Je le vis, je rougis, je pâlis à sa vue.
Un trouble s'éleva dans mon âme éperdue.
Mes yeux ne voyaient plus, je ne pouvais parler,
Je sentis tout mon corps et transir[3], et brûler.

1. Phèdre, dans la mythologie grecque, est fille de Minos (roi de Cnossos) et de Pasiphaé (fille d'Hélios, divinité personnifiant le Soleil).
2. Phèdre s'adresse à Œnone.
3. *Transir* : « geler, être saisi de froid, jusqu'à en devenir tremblant et immobile. […] Se dit figurément en morale des passions froides. Il *transit* de peur à cette menace » (dictionnaire Furetière). Le froid et l'ardeur sont les deux manifestations physiques contradictoires d'une passion extrême.

Je reconnus Vénus, et ses feux redoutables,
D'un sang qu'elle poursuit tourments inévitables[1].
Par des vœux assidus je crus les détourner,
Je lui bâtis un temple, et pris soin de l'orner.
De victimes moi-même à toute heure entourée,
Je cherchais dans leurs flancs ma raison égarée,
D'un incurable amour remèdes impuissants !
En vain sur les autels ma main brûlait l'encens[2].
Quand ma bouche implorait le nom de la Déesse,
J'adorais Hippolyte ; et le voyant sans cesse,
Même au pied des autels que je faisais fumer,
J'offrais tout à ce Dieu, que je n'osais nommer.
Je l'évitais partout. Ô comble de misère !
Mes yeux le retrouvaient dans les traits de son père.
Contre moi-même enfin j'osai me révolter :
J'excitai mon courage à le persécuter.
Pour bannir l'ennemi dont j'étais idolâtre,
J'affectai les chagrins d'une injuste marâtre,
Je pressai son exil, et mes cris éternels
L'arrachèrent du sein, et des bras paternels.
Je respirais, Œnone ; et depuis son absence,
Mes jours moins agités coulaient dans l'innocence.
Soumise à mon époux, et cachant mes ennuis,
De son fatal hymen je cultivais les fruits[3].
Vaines précautions ! Cruelle destinée !
Par mon époux lui-même à Trézène[4] amenée

---

1. Dans la mythologie antique, Vénus poursuit la race du Soleil car c'est lui qui a dévoilé à Vulcain, l'époux de Vénus, l'adultère de celle-ci avec Mars.
2. Les dieux étaient censés se nourrir de l'encens qui était brûlé sur les autels.
3. Phèdre s'occupait des enfants issus de son mariage avec Thésée.
4. *Trézène* : ville du Péloponnèse (Grèce).

J'ai revu l'ennemi que j'avais éloigné.
Ma blessure trop vive aussitôt a saigné.
Ce n'est plus une ardeur dans mes veines cachée;
C'est Vénus tout entière à sa proie attachée.
J'ai conçu pour mon crime une juste terreur.
J'ai pris la vie en haine, et ma flamme en horreur.
Je voulais en mourant prendre soin de ma gloire,
Et dérober au jour une flamme si noire.
Je n'ai pu soutenir tes larmes, tes combats.
Je t'ai tout avoué, je ne m'en repens pas,
Pourvu que de ma mort respectant les approches
Tu ne m'affliges plus par d'injustes reproches,
Et que tes vains secours cessent de rappeler
Un reste de chaleur[1], tout prêt à s'exhaler.

Phèdre, éd. Boris Donné, GF-Flammarion «Dossier», 2000, p. 90-92, v. 273-316.

Saint-Simon
Mémoires, 1740-1755 (publ. posth., 1788)

Admis aux Mousquetaires en 1691, le vidame de Chartres se fait remarquer au siège de Namur : il est nommé capitaine de cavalerie (1693). Fait duc et pair de Saint-Simon* à la mort de son père (1693), il devient colonel de cavalerie. Une querelle de préséance arrête alors sa carrière. Le maréchal de Luxembourg, fort de ses succès militaires, veut passer du dix-huitième rang au deuxième parmi les pairs, il a le soutien de Louis XIV, qui veut introduire ses bâtards dans ces hautes sphères. Malgré la mort de Luxembourg, c'est la volonté royale qui l'emporte : Saint-Simon, dans sa semi-disgrâce, en gardera rancune aux «princes légitimés». Écarté de la promotion de 1702, Saint-Simon écrit au roi sa volonté de se retirer. En

1. La chaleur était considérée comme l'élément vital.

réponse, Louis XIV ne l'invite plus à Marly[1] : la défaveur est complète. Une audience du roi le fait rentrer en grâce : un logement lui est attribué à Versailles (1710). Mentor du Dauphin, qui meurt prématurément en 1712, il connaît encore quelques moments de gloire sous la Régence, de 1715 à 1723 – il est ainsi chargé de négocier le mariage de Louis XV avec l'infante d'Espagne, en 1721. Il connaît alors une nouvelle disgrâce qui le décide à se retirer définitivement (1723). C'est dans sa retraite qu'il écrit le souvenir amer de sa vie de cour : il commence par annoter le *Journal de la cour de Louis XIV*, du mémorialiste Dangeau, qu'il lit en 1729, puis se lance dans la rédaction de ses *Mémoires* à partir de 1740. Confisqués par l'État, ils ne seront publiés qu'en 1788.

Saint-Simon (1675-1755) est un parfait témoin du Grand Siècle, son tableau de la vie versaillaise a servi à cerner le fonctionnement de la société de cour. Dans cet extrait, l'étiquette apparaît comme un instrument de pouvoir aux mains de Louis XIV, qui en use avec souplesse, loin du cliché d'un cérémonial rigide. Dans une société de cour, on *est* (socialement) que ce que l'on *paraît*, d'où l'importance de rituels qui nous semblent parfois risibles. Les réflexions sur une telle société croisaient nécessairement la vieille idée chrétienne du « théâtre du monde ».

1. Le château de Marly, vendu après la Révolution et détruit en 1816, était situé dans l'actuel département des Yvelines. Il permettait à Louis XIV de goûter un relatif isolement, impossible à Versailles; il s'agissait aussi de constituer une cour restreinte (cinquante courtisans). Une invitation à Marly était ainsi une très grande marque de faveur royale.

[...] Les fêtes fréquentes, les promenades particulières à Versailles[1], les voyages furent des moyens que le roi saisit pour distinguer et pour mortifier en nommant les personnes qui à chaque fois en devaient être, et pour tenir chacun assidu et attentif à lui plaire. Il sentait qu'il n'avait pas à beaucoup près assez de grâces[2] à répandre pour faire un effet continuel. Il en substitua donc aux véritables d'idéales, par la jalousie, les petites préférences qui se trouvaient tous les jours, et pour ainsi dire à tous moments, par son art. Les espérances que ces petites préférences et ces distinctions faisaient naître, et la considération qui s'en tirait, personne ne fut plus ingénieux que lui à inventer sans cesse ces sortes de choses. Marly dans la suite lui fut en cela d'un plus grand usage, et Trianon, où tout le monde à la vérité pouvait lui aller faire sa cour, mais où les dames avaient l'honneur de manger avec lui, et où à chaque repas elles étaient choisies; le bougeoir qu'il faisait tenir tous les soirs à son coucher[3] par un courtisan qu'il voulait distinguer, et toujours entre les plus qualifiés de ceux qui s'y trouvaient, qu'il nommait tout haut au sortir de sa prière. Les justaucorps à

1. Versailles, simple pavillon de chasse sous Louis XIII, fut transformé sur la volonté de Louis XIV en un magnifique palais bâti principalement dans les années 1670 et 1680; le Roi-Soleil en fit sa résidence principale à partir de 1682, il s'agissait d'un instrument politique (Versailles accueillait un nombre considérable de nobles ayant troqué leurs vieilles revendications pour l'éclat de la nouvelle cour).
2. *Grâces* : faveurs accordées par le roi sous forme de charges, offices, pensions, etc.
3. Le lever et le coucher du roi étaient soumis à un véritable cérémonial, qui reflétait grâce et disgrâce des courtisans.

brevet[1] fut une autre de ces inventions : il était bleu doublé de rouge, avec les parements[2] et la veste rouge, brodés d'un dessin magnifique or et un peu d'argent[3], particulier à ces habits. Il n'y en avait qu'un nombre dont le roi, sa famille et les princes du sang étaient, mais ceux-ci, comme le reste des courtisans, n'en avaient qu'à mesure qu'il en vaquait[4]. Les plus distingués de la cour par eux-mêmes ou par la faveur les demandaient au roi, et c'était une grâce que d'en obtenir. [...] Les différentes adresses[5] de cette nature qui se succédèrent les unes aux autres à mesure que le roi avança en âge, et que les fêtes changeaient ou diminuaient, et les attentions qu'il marquait pour avoir toujours une cour nombreuse, on ne finirait point à les expliquer. Non seulement il était sensible à la présence continuelle de ce qu'il y avait de distingué, mais il l'était aussi aux étages inférieurs[6]. Il regardait à droite et à gauche à son lever, à son coucher, à ses repas, en passant dans les appartements, dans ses

1. *Justaucorps à brevet* : « espèce de veste qui va jusqu'aux genoux, qui serre le corps et montre la taille. [...] Il ne se portait autrefois que par les gens de guerre » (dictionnaire Furetière). Il s'agit d'un justaucorps *à brevet* parce qu'on ne peut le porter que par brevet du roi, c'est-à-dire par décision écrite de ce dernier.
2. *Parements* : ornements.
3. Les édits somptuaires réservaient le bleu à la maison royale : seuls les domestiques du roi avaient le droit de porter une livrée bleue. Colbert s'efforçait de lutter contre les parures et les broderies d'or et d'argent, dans un esprit mercantiliste (il s'agissait de mettre la richesse au service de l'État). Dans les faits, les courtisans pouvaient contourner ces règles, contrairement aux bourgeois.
4. *À mesure qu'il en vaquait* : à mesure qu'il s'en libérait.
5. *Adresses* : ruses, procédés.
6. *Aux étages inférieurs* : aux rangs sociaux inférieurs.

jardins de Versailles, où seulement les courtisans avaient la liberté de le suivre; il voyait et remarquait tout le monde; aucun ne lui échappait jusqu'à ceux qui n'espéraient pas même être vus. Il distinguait très bien en lui-même les absences de ceux qui étaient toujours à la cour, celles des passagers qui y venaient plus ou moins souvent; les causes générales ou particulières de ces absences, il les combinait, et ne perdait pas la plus légère occasion d'agir à leur égard en conséquence. C'était un démérite aux uns, et à tout ce qu'il y avait de plus distingué, de ne faire pas de la cour son séjour ordinaire, et aux autres d'y venir rarement, et une disgrâce sûre pour qui n'y venait jamais, ou comme jamais. Quand il s'agissait de quelque chose pour eux : «Je ne le connais point», répondait-il fièrement. Sur ceux qui se présentaient rarement : «C'est un homme que je ne vois jamais», et ces arrêts-là[1] étaient irrévocables. […]

Mémoires, éd. Delphine de Garidel,
GF-Flammarion «Dossier», 2001, p. 243-245.

1. *Ces arrêts-là* : ces jugements définitifs, ces verdicts.

III. La morale et le monde

Le XVIIe siècle est un siècle moral : l'effritement des vieilles conceptions du monde (fondées sur les enseignements de Ptolémée, Aristote ou saint Thomas d'Aquin) et les horreurs des guerres de Religion du siècle passé conduisent à une remise en question perpétuelle de la morale. Il s'agit de retrouver des rapports stables entre l'homme et ses semblables, entre l'homme et le monde. Les critiques ont souvent appelé «baroque» cette recherche inquiète de l'équilibre, et «classique» la stabilité retrouvée.

Mlle de Scudéry
Clélie, histoire romaine, 1654-1660

Clélie est un *best-seller* précieux : des héros romains y tiennent des discussions sur divers points de galanterie, durant dix mille pages. La sophistication de cette casuistique[1] sentimentale fait des précieuses des «jésuites de l'amour» bien qu'on les qualifie habituellement de «jansénistes de l'amour[2]». Leur exigence de pureté se double en effet d'un goût pour les classifications raffinées : la Carte de Tendre, pays imaginaire, en est l'exemple idéal. Ce badinage mondain eut un vaste succès, malgré les moqueries

1. La casuistique est l'étude des cas de conscience, des dilemmes moraux ; elle a été mise à l'honneur par les jésuites, si bien que «casuistes» et «jésuites» sont devenus synonymes.
2. Voir p. 78.

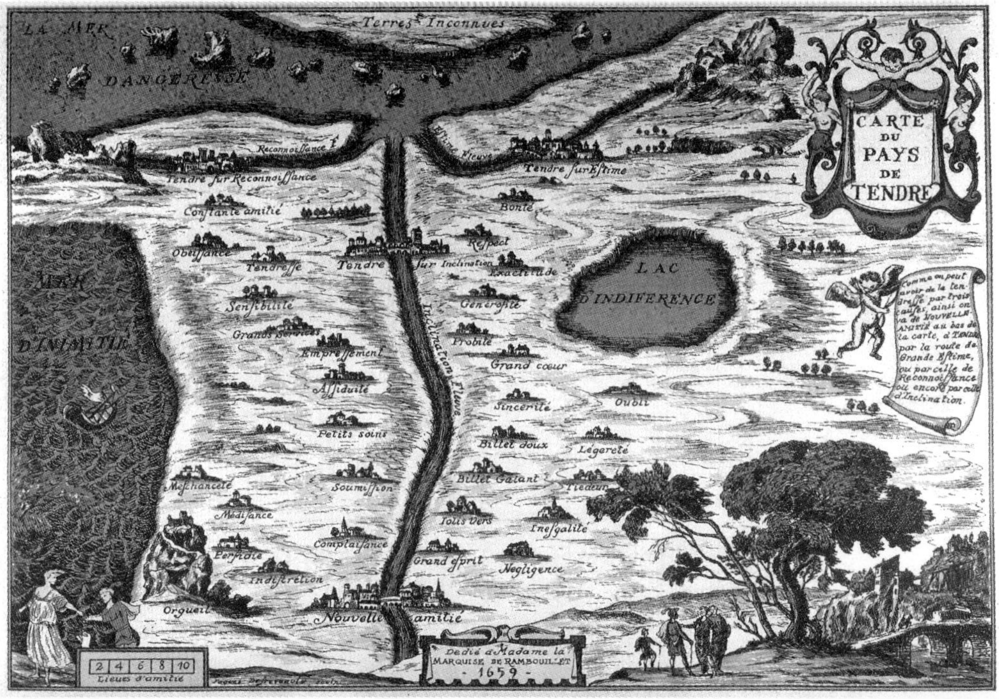
CARTE DU PAYS DE TENDRE
LA MER DANGEREUSE
Terres Inconnues
MER D'INIMITIE
LAC D'INDIFERENCE
Reconnoissance
Tendre sur Reconnoissance
Constante amitié
Estime Fleuve
Tendre sur Estime
Bonté
Obeissance
Tendresse
Tendre
sur Inclination
Respect
Exactitude
Sensibilité
Grands services
Empressement
Assiduité
Generosité
Probité
Grand cœur
Inclination Fleuve
Sincerité
Oubli
Petits soins
Billet doux
Legereté
Meschanceté
Soumission
Billet Galant
Tiedeur
Medisance
Jolis Vers
Inegalité
Complaisance
Perfidie
Grand esprit
Negligence
Indiscretion
Orgueil
Nouvelle amitié
Comme on peut avoir de la tendresse par trois causes, ainsi on va de NOUVELLE AMITIE au bas de la carte, à TENDRE par la route de Grande Estime, ou par celle de Reconnoissance ou encore par celle d'Inclination.
Dedié a Madame la MARQUISE DE RAMBOUILLET - 1659 -
2 4 6 8 10
Lieues d'amitié

des satiriques antiprécieux, tel Bussy-Rabutin, l'auteur de l'*Histoire amoureuse des Gaules*, qui rédigea une *Carte géographique de la cour et autres galanteries* (1668), où il imagina un Pays de Bragues (c'est-à-dire un «Pays de culottes»[1]). Les tenants des valeurs traditionnelles, quant à eux, étaient profondément gênés par une morale qui haussait l'amour au rang de vertu cardinale. Par ailleurs, la conception optimiste et bienveillante de la nature humaine affichée par Mlle de Scudéry* la rapprochait aussi des jésuites, les religieux les plus mondains du temps.

[...] Vous vous souvenez sans doute bien, Madame, qu'Herminius[2] avait prié Clélie de lui enseigner par où l'on pouvait aller de *Nouvelle Amitié* à *Tendre* : de sorte qu'il faut commencer par cette première ville qui est au bas de cette carte, pour aller aux autres; car afin que vous compreniez mieux le dessein de Clélie, vous verrez qu'elle a imaginé qu'on peut avoir de la tendresse par trois causes différentes; ou par une grande estime, ou par reconnaissance, ou par inclination; et c'est ce qui l'a obligée d'établir ces trois villes de Tendre, sur trois Rivières qui portent ces trois noms, et ce faire aussi trois routes différentes pour y aller. Si bien que comme on dit Cumes sur la Mer d'Ionie, et Cumes sur la Mer Thyrrene, elle fait qu'on dit Tendre sur Inclination, Tendre sur Estime, et Tendre sur Reconnaissance. Cependant comme elle a présupposé que la tendresse qui naît par inclination, n'a besoin de rien autre chose pour être ce qu'elle est; Clélie, comme vous le voyez, Madame, n'a mis nul Village, le long des bords de cette Rivière, qui va si vite, qu'on n'a que faire de logement

1. «Brague» est issu du provençal *braga*, qui a donné «braies», pantalon ample en usage chez les Gaulois et les peuples germaniques.
2. Herminius est un soupirant de Clélie.

le long de ses Rives, pour aller de la Nouvelle Amitié à Tendre. Mais pour aller de Tendre sur Estime, il n'est pas de même : car Clélie a ingénieusement mis autant de Villages qu'il y a de petites et de grandes choses, qui peuvent contribuer à faire naître par estime, cette tendresse dont elle entend parler. [...] Mais Madame, comme il n'y a point de chemins où l'on ne se puisse égarer, Clélie a fait, comme vous le pouvez voir, que si ceux qui sont à Nouvelle Amitié, prenaient un peu plus à droite, ou un peu plus à gauche, ils s'égareraient aussi [...]. Ainsi elle fait voir par ces routes différentes, qu'il faut avoir mille bonnes qualités pour l'obliger[1] à avoir une amitié tendre; et que ceux qui en ont de mauvaises, ne peuvent avoir part qu'à sa haine, ou à son indifférence. Aussi cette sage fille voulant faire connaître sur cette carte, qu'elle n'avait jamais dans le cœur que de la tendresse, fait que la Rivière d'Inclination se jette dans une mer qu'on appelle la Mer dangereuse; parce qu'il est assez dangereux à une femme, d'aller un peu au-delà des dernières Bornes de l'amitié; et elle fait ensuite qu'au-delà de cette mer, c'est ce que nous appelons *Terres inconnues*, parce qu'en effet nous ne savons point ce qu'il y a, et que nous ne croyons pas que personne ait été plus loin qu'Hercule[2]; de sorte que de cette façon elle a trouvé lieu de faire une agréable Morale d'amitié, par un simple jeu de son esprit; et de faire entendre d'une manière assez particulière, qu'elle n'a point eu d'amour, et qu'elle n'en peut avoir. [...]

Clélie, Slatkine, Genève, 1973.

1. *Obliger* : ici, inciter.
2. Les Grecs considéraient que le détroit de Gibraltar était l'extrême limite du monde connu; ils lui avaient donné le nom de « colonnes d'Hercule », en allusion à l'exploration qu'en avait faite le héros grec.

Précieuses et préciosité

La préciosité vient brouiller les frontières du baroque : certains y voient un «amenuisement du baroque» (Rousset), d'autres un mouvement à part entière. Son goût pour les hyperboles, les métaphores et les expressions contournées la rapprochent bien du «baroque» (influence du gongorisme[1] et du marinisme[2]), mais l'abstraction des sentiments la fait pencher du côté classique. Au XVIIᵉ siècle, on ne parle pas encore de «préciosité»; on emploie seulement le mot «précieuses», et l'usage qu'on en fait, même lorsque la préciosité est à son apogée (1650-1660), n'est pas toujours péjoratif. Même le dictionnaire Furetière (1690), conçu après la vague de réaction antiprécieuse, fait encore la distinction entre vraies et fausses précieuses : «épithète qu'on a donnée [...] à des filles de grand mérite et de grande vertu, qui savaient bien le monde et la langue; mais parce que d'autres ont affecté et outré leurs manières, cela a décrié le mot, et on les a appelées "fausses précieuses", ou "précieuses ridicules", dont Molière a fait une comédie et de Pure [voir ci-dessous] un roman.» Les précieuses étaient des femmes nobles qui tenaient salon : dans une atmosphère galante, il s'agissait de parler de belles lettres, d'amour, de faits de langue. Des littérateurs de l'autre sexe se soumettaient au jugement des femmes de cour et de goût, qui faisaient et défaisaient la mode : auteurs de romans héroïques

1. Gongorisme : mot formé sur le nom du poète espagnol de la fin du XVIᵉ siècle, Gongora, pour désigner un style plein d'affectation, à l'image de celui de cet auteur.
2. Voir note 1, p. 40.

(Gomberville), poètes galants (Voiture, Racan), grammairiens mondains (Vaugelas, Ménage) et auteurs de ballets (Benserade) considéraient ces dames plutôt que les académiciens comme leurs véritables juges.

Avant la Fronde, les principaux foyers de préciosité étaient l'hôtel de Rambouillet[1], et, après, le salon de Madeleine de Scudéry. Les précieuses étaient très nombreuses à Paris, mais avaient aussi essaimé à Aix, Lyon ou Grenoble. Ces réunions suivaient un rituel particulier : le cercle précieux se réunissait dans l'alcôve, c'est-à-dire l'espace de la chambre réservé au lit. L'hôtesse y était installée, et les invités s'asseyaient dans la ruelle (espace entre le lit et la cloison). Les conversations prenaient ainsi un tour intime, mais plus l'on parlait d'amour, moins il était permis de céder à ses impulsions. Les précieuses étaient aussi des «jansénistes de l'amour», selon l'expression de la libertine Ninon de Lenclos (1656), qui préféraient les subtils hommages poétiques aux «réalités». Les termes licencieux ou simplement directs étaient bannis : les paraphrases, les métaphores, les euphémismes, les hyperboles abstraites transformaient l'amour en jeu intellectuel. Ces tics de langage («ravissant», « furieusement») firent des précieuses une cible de choix pour les satiristes, et le sens du terme s'en est ressenti : «On a appelé aussi un mot précieux, un mot factice et affecté, une manière extraordinaire de s'exprimer» (dictionnaire Furetière). Ce sont aussi les précieuses qui furent les premières femmes auteurs du

1. L'hôtel de Rambouillet, situé à Paris, fut construit par Catherine de Vivonne, marquise de Rambouillet (1588-1655), qui en dessina l'ordonnance et y reçut des gens de lettres et du monde à partir de 1620.

XVIIe siècle : Mme de Sévigné, Mme de Lafayette* et Mlle de Scudéry en sont. Cette dernière publia un manifeste précieux sous forme de roman-fleuve : *Clélie, histoire romaine* (1654-1660). Les héros s'y distinguaient non plus par des exploits guerriers, comme dans le *Polexandre* de Gomberville, modèle du roman héroïque, mais par leur loyauté et leur subtilité en amour ou en amitié. C'était aussi une œuvre féministe avant l'heure : selon l'auteur, tant que l'équilibre entre les prérogatives des hommes et celles des femmes dans le mariage n'est pas effectif, les femmes doivent lui préférer des liaisons privées, sous le sceau de contrats garantissant leur liberté et leur indépendance financière.

Ces prétentions féminines valurent aux précieuses de nombreuses satires, mais plus nuancées qu'on ne l'a dit. Molière, dans *Les Précieuses ridicules* (1659), ne ridiculise que des bourgeoises imitant les précieuses, et l'abbé de Pure, dans son roman *La Précieuse ou les Mystères des ruelles* (1656-1658), ne leur est pas systématiquement hostile. De nombreux écrivains échappant au courant mondain les virent pourtant d'un mauvais œil : selon Scarron*, la précieuse «mépris[e] le genre humain», Boileau en fait l'apôtre du «faux bel esprit», Perrault[1] et Furetière fustigent ces usurpatrices critiques, les doctes de façon générale y voient une juridiction rivale, les hommes d'Église une source de licence et d'insoumission. Pour les précieuses, ces doctes coalisés sont de vulgaires pédants qui n'ont pas pris l'air de la cour.

Si les précieuses eurent leurs défauts (notamment le snobisme), elles aiguisèrent l'analyse des sentiments : de

1. Voir p. 127.

Clélie à *La Princesse de Clèves* et aux pièces de Racine, il n'y a pas de rupture nette. Ce que l'on a nommé « classicisme » peut être considéré comme une forme concise de la préciosité.

Principales précieuses : Mme de Rambouillet, Mlle de Scudéry (elle emprunte son nom de salon, « Sapho », à une poétesse grecque de la fin du VIIe siècle avant Jésus-Christ, auteur de nombreux vers consacrant l'amour ainsi que la beauté et la grâce féminines), Mlle d'Aumale (*alias* « l'Inestimable »), la duchesse de Montausier, la marquise de Sablé, Mme de Lafayette (*alias* « l'Incomparable »), Mlle de Sévigné, Mme de Longueville (protectrice des Scudéry).

Principales figures de la préciosité masculine : Voiture, Gomberville, Pellisson, Sarasin, Benserade…

Pascal
Pensées, 1657-1662 (1670, publ. posth.)

Aux antipodes de la casuistique précieuse, les jansénistes dénoncent les passions qui aveuglent l'homme. La compartimentation baroque n'est plus de mise : Pascal, Racine et La Rochefoucauld, tous trois influencés à divers degrés par le jansénisme, décèlent sous la variété apparente des comportements humains un principe néfaste, respectivement le divertissement, l'amour possessif et l'amour-propre. Étouffé dans ses institutions, Port-Royal[1] triomphe dans ce pessimisme moral, qui inspire tant d'œuvres de la période « classique ». Dans cet extrait, Pascal analyse la nature du pouvoir : le pouvoir consiste moins à commander qu'à être diverti. Il déconstruit l'économie du divertissement qui sous-tend la société de cour : les puissants sont divertis, les moins puissants divertissent, et chacun oublie son salut. Pour lutter contre cette mascarade asservissante, il ne reste finalement de ressource que dans la retraite et le dévouement à Dieu : il ne faut jamais perdre de vue que les *Pensées* sont les vestiges d'un projet d'*Apologie de la religion catholique*.

[…] D'où vient que cet homme qui a perdu depuis peu de mois son fils unique, et qui, accablé de procès et de querelles, était ce matin si troublé, n'y pense plus maintenant? Ne vous en étonnez point : il est tout occupé à voir par où passera ce sanglier que les chiens poursuivent avec tant d'ardeur depuis six heures. Il n'en faut pas davantage. L'homme, quelque plein de tristesse qu'il soit, si on peut gagner sur lui de le faire entrer en quelque divertissement, le voilà heureux

1. Voir présentation, note 1, p. 22.

pendant ce temps-là; et l'homme, quelque heureux qu'il soit, s'il n'est diverti et occupé par quelque passion ou quelque amusement qui empêche l'ennui de se répandre, sera bientôt chagrin et malheureux. Sans divertissement, il n'y a point de joie; avec le divertissement, il n'y a point de tristesse. Et c'est aussi ce qui forme le bonheur des personnes de grande condition, qu'ils ont un nombre de personnes qui les divertissent, et qu'ils ont le pouvoir de se maintenir en cet état.

Prenez-y garde. Qu'est-ce autre chose d'être surintendant, chancelier, premier président[1], sinon d'être en une condition, où l'on a dès le matin un grand nombre de gens qui viennent de tous côtés, pour ne leur laisser pas une heure en la journée où ils puissent penser à eux-mêmes? Et quand ils sont dans la disgrâce et qu'on les renvoie à leurs maisons des champs, où ils ne manquent ni de biens, ni de domestiques pour les assister dans leurs besoins, ils ne laissent pas d'être misérables et abandonnés, parce que personne ne les empêche de penser à eux. [...] Qu'on en fasse l'épreuve[2] : qu'on laisse un roi tout seul, sans aucune satisfaction des sens, sans aucun soin de l'esprit, sans compagnie, penser à lui tout à loisir; et l'on verra qu'un roi sans divertissement est un homme plein de misères. [...]

Pensées, éd. Dominique Descotes,
GF-Flammarion, 1976, p. 90-91.

1. Le surintendant était une sorte de ministre des Finances aux pouvoirs très étendus, comparables à ceux d'un Premier ministre; la fonction de chancelier équivalait à celle de notre garde des Sceaux (ministre de la Justice) ; le premier président présidait le parlement de Paris, qui avait un grand pouvoir de justice.
2. *Qu'on en fasse l'épreuve* : qu'on en fasse l'expérience.

Cardinal de Retz
Mémoires, 1662-1679 (1717, publ. posth.)

Le cardinal de Retz* (1613-1679) avait joué un grand rôle pendant la Fronde, changeant de camp selon ses intérêts. Opposé à Mazarin puis à Condé, il s'était attiré ensuite la haine de Louis XIV, qui l'avait forcé à l'exil romain. Ses *Mémoires* étaient une manière de reconstruire une histoire à son honneur, même si des passages prennent un ton de confession, comme ici. Malgré les apparences, le cardinal de Retz n'est pas un libertin, un «grand seigneur méchant homme» (*Dom Juan*) : par son souci, au moins rétrospectif, d'éviter le scandale, c'est plutôt un aristocrate casuiste. Cet extrait évoque un cas de conscience : vaut-il mieux pécher (en cédant à la tentation charnelle) par préméditation pour éviter le scandale qui souillerait la fonction ecclésiastique, ou se contenir, au risque de céder à ses désirs de façon subite et scandaleuse ? Un pessimisme moral très proche de celui des jansénistes, qui lui fait considérer la faiblesse de la nature humaine, le conduit à une morale tout opposée.

La *direction d'intention* pratiquée par les casuistes avait habitué Retz à une commode distinction entre extérieur et intérieur : «Vous accordez aux hommes l'effet extérieur et matériel de l'action, et vous donnez à Dieu ce mouvement intérieur et spirituel de l'intention», faisait dire Pascal, le janséniste, au père jésuite des *Provinciales*. Mais alors que les casuistes justifiaient n'importe quel comportement fautif par la bonne intention, Retz justifie son intention criminelle envers Dieu par un excellent comportement extérieur : il prend la «direction d'intention» à rebours ! Il n'empêche, la volonté de sauver le prochain pouvait justifier bien des écarts : «On peut rechercher une occasion [de pécher] directement et pour elle-même [...] quand le bien spirituel ou temporel de nous ou de notre prochain nous y porte», selon les paroles que Pascal met dans la bouche d'un casuiste. Un jésuite espagnol comme Baltasar Gracián (1601-1658) faisait même l'apologie de l'hyprocrisie : feindre la vertu, c'est déjà agir selon les règles morales.

[...] Le grand secret de ceux qui entrent dans les emplois est de saisir d'abord l'imagination des hommes par une action que quelque circonstance leur rende particulière.

Comme j'étais obligé de prendre les ordres[1], je fis une retraite dans Saint-Lazare[2], où je donnais à l'extérieur toutes les apparences ordinaires. L'occupation de mon intérieur fut une grande et profonde réflexion sur la manière que je devais prendre pour ma conduite. Elle était très difficile. Je trouvais l'archevêché de Paris dégradé, à l'égard du monde, par les bassesses de mon oncle[3], et désolé, à l'égard de Dieu, par sa négligence et par son incapacité. Je prévoyais des oppositions infinies à son rétablissement; et je n'étais pas si aveuglé, que je ne connusse que la plus grande et la plus insurmontable était dans moi-même. Je n'ignorais pas de quelle nécessité est la règle des mœurs à un évêque[4]. Je sentais que le désordre scandaleux de ceux de mon oncle me l'imposait encore plus étroite et plus indispensable qu'aux autres; et je

1. *Prendre les ordres* : devenir ecclésiastique.
2. La communauté de Saint-Vincent-de-Paul, soutenue financièrement par les Gondi, s'était établie en 1632 au prieuré Saint-Lazare. Les lazaristes avaient pour principale tâche de former les futurs prêtres dans l'esprit de la «réforme catholique».
3. Il s'agit de Jean-François de Gondi, premier archevêque de Paris (1622-1654).
4. La «règle des mœurs» impose la chasteté à un évêque.

sentais, en même temps, que je n'en étais pas capable, et que tous les obstacles et de conscience et de gloire que j'opposerais au dérèglement ne seraient que des digues fort mal assurées. Je pris, après six jours de réflexion, le parti *de faire le mal*[1] *par dessein, ce qui est sans comparaison le plus criminel* devant Dieu, mais ce qui est sans doute le plus sage devant le monde : et parce qu'en le faisant ainsi l'on y met toujours des préalables[2], qui en couvrent une partie; et parce que l'on évite, par ce moyen, le plus dangereux ridicule qui se puisse rencontrer dans notre profession, qui est celui de mêler à contretemps le péché dans la dévotion.

Voilà la sainte disposition avec laquelle je sortis de Saint-Lazare. Elle ne fut pourtant pas de tout point mauvaise; car je pris une ferme résolution de remplir exactement tous les devoirs de ma profession, et d'être aussi homme de bien pour le salut des autres, que je pourrais être méchant pour moi-même. [...]

Mémoires, éd. Simone Bertière, Classiques Garnier, 1987.

La Bruyère
Les Caractères, 1688

Il y avait au XVIIe siècle une certaine opposition de la bourgeoisie à cette logique aristocratique de l'apparence – quand elle ne se contentait pas de singer Versailles. C'était son intérêt de dégonfler le prestige du paraître pour mieux dévoiler l'importance de l'argent, dont elle saisissait bien mieux les règles. Cet extrait des *Caractères* de La Bruyère* refuse la confusion entre l'être et le paraître. La parure, au lieu de jouer son rôle de « marqueur social »,

---

1. *Faire le mal* : ici, s'adonner à la luxure.
2. *On y met toujours des préalables* : on anticipe, on se prépare. Mieux vaut pécher par préméditation que par hasard.

est ramenée à ses conditions de vente et de production («boutiques», «ouvrier»). Cette décomposition génétique aboutit au résultat voulu : la séparation totale entre le noble et la pompe qui ennoblit.

Du mérite personnel

[…] L'or éclate[1], dites-vous, sur les habits de *Philémon*[2]. – Il éclate de même chez les marchands. – Il est habillé des plus belles étoffes. – Le sont-elles moins toutes déployées dans les boutiques et à la pièce? – Mais la broderie et les ornements y ajoutent encore la magnificence. – Je loue donc le travail de l'ouvrier. – Si on lui demande quelle heure il est, il tire une montre qui est un chef-d'œuvre; la garde de son épée est un onyx[3]; il a au doigt un gros diamant qu'il fait briller aux yeux, et qui est parfait; il ne lui manque aucune de ces curieuses bagatelles que l'on porte sur soi autant pour la vanité que pour l'usage[4], et il ne se plaint non plus toute sorte de parure qu'un jeune homme qui a épousé une riche vieille[5]. – Vous m'inspirez enfin de la curiosité; il faut voir du moins des choses si précieuses : envoyez-moi cet habit et ces bijoux de Philémon; je vous quitte de la personne[6].

1. *Éclate* : brille.
2. La Bruyère confère des noms à chacun des personnages illustrant un type d'individu. Philémon personnifie le type du prétentieux.
3. *Un onyx* : une agate (NdA).
4. *Pour l'usage* : pour s'en servir.
5. *Et il ne se plaint non plus… une riche vieille* : et il ne lui manque aucune sorte d'ornements qu'un jeune homme peut porter quand il a épousé une riche vieille.
6. *Je vous quitte de la personne* : je vous dispense de me présenter la personne.

Tu te trompes, Philémon, si avec ce carrosse brillant, ce grand nombre de coquins[1] qui te suivent, et ces six bêtes qui te traînent, tu penses que l'on t'en estime davantage : l'on écarte tout cet attirail qui t'est étranger, pour pénétrer jusques à toi, qui n'es qu'un fat.

Ce n'est pas qu'il faut quelquefois pardonner à celui qui, avec un grand cortège, un habit riche et un magnifique équipage, s'en croit plus de naissance et plus d'esprit : il lit cela dans la contenance et dans les yeux de ceux qui lui parlent. [...]

Les Caractères, éd. Robert Pignarre,
GF-Flammarion, 1965, p. 107-108.

Mme de Lafayette
La Princesse de Clèves, 1678

La « retraite » est la seule façon d'en finir avec le monde : la princesse de Clèves s'y réfugie pour échapper aux fatalités du mécanisme amoureux, que Mme de Lafayette analyse ici avec autant de lucide amertume que Racine ou son ami La Rochefoucauld – dont les conseils littéraires lui furent d'ailleurs précieux. Les raisons de sa décision, qu'elle expose ici au duc de Nemours, sont parfaitement pesées : désaffection probable de l'amant et remords envers le mari défunt, le prince de Clèves, que l'aveu de sa femme a conduit à la mort (son épouse, fidèle, lui avait avoué sa passion secrète). À mi-chemin entre la préciosité et le jansénisme, *La Princesse de Clèves* est le premier roman d'analyse français.

---

1. *Coquins* : le mot désigne ici les valets de pied qui suivent le carrosse.

[…] Je crois devoir à votre attachement la faible récompense de ne vous cacher aucun de mes sentiments et de vous les laisser voir tels qu'ils sont. Ce sera apparemment[1] la seule fois de ma vie que je me donnerai la liberté de vous les faire paraître ; néanmoins je ne saurais vous avouer sans honte, que la certitude de n'être plus aimée de vous, comme je le suis, me paraît un si horrible malheur que, quand je n'aurais point de raisons de devoir insurmontables[2], je doute si je pourrais me résoudre à m'exposer à ce malheur. Je sais que vous êtes libre, que je le suis, et que les choses sont d'une sorte que le public n'aurait peut-être pas sujet de vous blâmer, ni moi non plus, quand nous nous engagerions ensemble pour jamais. Mais les hommes conservent-ils de la passion dans ces engagements éternels ? Dois-je espérer un miracle en ma faveur et puis-je me mettre en état de voir certainement finir cette passion dont je ferais toute ma félicité ? M. de Clèves était peut-être l'unique homme du monde capable de conserver de l'amour dans le mariage. Ma destinée n'a pas voulu que j'aie pu profiter de ce bonheur ; peut-être aussi que sa passion n'avait subsisté que parce qu'il n'en aurait pas trouvé en moi[3]. Mais je n'aurais pas le même moyen de conserver la vôtre : je crois même que les obstacles ont fait votre constance. Vous en avez assez trouvé pour vous animer à vaincre et mes actions involontaires, ou les choses que le hasard vous a apprises, vous ont

---

1. *Apparemment* : vraisemblablement, sans doute.
2. Mme de Clèves évoque probablement ici la période de deuil qu'une veuve doit observer avant un remariage.
3. Il se peut que M. de Clèves ait toujours éprouvé cette passion pour sa femme précisément parce que sa femme l'aimait sans passion.

donné assez d'espérance pour ne vous pas rebuter. [...] Par vanité ou par goût, toutes les femmes souhaitent de vous attacher[1]. Il y en a peu à qui vous ne plaisiez; mon expérience me ferait croire qu'il n'y en a point à qui vous ne puissiez plaire. Je vous croirais toujours amoureux et aimé et je ne me tromperais pas souvent. Dans cet état néanmoins, je n'aurais d'autre parti à prendre que celui de la souffrance; je ne sais même si j'oserais me plaindre. On fait des reproches à un amant; mais en fait-on à un mari, quand on n'a qu'à lui reprocher de n'avoir plus d'amour? Quand je pourrais m'accoutumer à cette sorte de malheur, pourrais-je m'accoutumer à celui de croire voir toujours M. de Clèves vous accuser de sa mort, me reprocher de vous avoir aimé, de vous avoir épousé et me faire sentir la différence de son attachement au vôtre? Il est impossible, continua-t'elle, de passer par-dessus des raisons si fortes : il faut que je demeure dans l'état où je suis et dans les résolutions que j'ai prises de n'en sortir jamais. [...] Ce que je crois devoir à la mémoire de M. de Clèves serait faible s'il n'était soutenu par l'intérêt de mon repos; et les raisons de mon repos ont besoin d'être soutenues de celles de mon devoir. Mais, quoique je me défie de moi-même, je crois que je ne vaincrai jamais mes scrupules et je n'espère pas aussi de surmonter l'inclination que j'ai pour vous. Elle me rendra malheureuse et je me priverai de votre vue, quelque violence qu'il m'en coûte. [...]

La Princesse de Clèves, éd. Jean Mesnard,
GF-Flammarion, 1966, p. 187-189.

1. *Attacher* : attirer et engager dans une relation amoureuse.

La Fontaine
Fables, recueil de 1678

Cette fable est sans doute inspirée par l'actualité, puisqu'elle a été écrite en 1675, époque à laquelle le clergé régulier protestait contre une imposition extraordinaire destinée à soutenir l'effort de guerre en Hollande[1]. La Fontaine exerce son talent satirique contre une cible traditionnelle, le moine. On peut aussi y discerner la tentation d'une critique de la retraite, contraire aux devoirs de charité chrétienne et de solidarité nationale. L'appel au lecteur et la pointe ironique en font une fable mondaine : c'est le combat sans pitié de l'urbanité contre l'esprit de retraite.

Le Rat qui s'est retiré du monde

Les Levantins[2] en leur légende
Disent qu'un certain Rat las des soins[3] d'ici-bas,
Dans un fromage de Hollande
Se retira loin du tracas.
La solitude était profonde,
S'étendant partout à la ronde.
Notre ermite nouveau subsistait là-dedans.
Il fit tant de pieds et de dents
Qu'en peu de jours il eut au fond de l'ermitage
Le vivre et le couvert : que faut-il davantage ?

1. La guerre de Hollande débuta en 1672. Le conflit, long de sept ans, dans un premier temps opposa la France aux Provinces-Unies – État fédéral constitué en 1579 et comprenant la partie septentrionale des Pays-Bas –, puis s'étendit à la plupart des grandes puissances européennes coalisées contre Louis XIV.
2. *Levantins* : peuples originaires des côtes orientales de la Méditerranée.
3. *Soins* : soucis.

Il devint gros et gras ; Dieu prodigue ses biens
À ceux qui font vœu d'être siens.
Un jour au dévot personnage
Des députés du peuple Rat
S'en vinrent demander quelque aumône légère :
Ils allaient en terre étrangère
Chercher quelque secours contre le peuple chat ;
Ratopolis était bloquée :
On les avait contraints de partir sans argent,
Attendu l'état indigent
De la République attaquée.
Ils demandaient fort peu, certains que le secours
Serait prêt dans quatre ou cinq jours.
Mes amis, dit le Solitaire,
Les choses d'ici-bas ne me regardent plus :
En quoi peut un pauvre Reclus
Vous assister ? que peut-il faire,
Que de prier le Ciel qu'il vous aide en ceci ?
J'espère qu'il aura de vous quelque souci.
Ayant parlé de cette sorte,
Le nouveau Saint ferma sa porte.
Qui désignai-je, à votre avis,
Par ce Rat si peu secourable ?
Un Moine ? Non, mais un Dervis[1] :
Je suppose qu'un Moine est toujours charitable.

Fables, éd. Alain-Marie Bassy,
GF-Flammarion, 1995, p. 206-207,
livre VII, fable III.

1. *Dervis* : religieux musulman appartenant à une confrérie.

IV. La mort lente de Tabarin ou le déclin de la farce

Antoine Girard, dit «Tabarin» (1584-1633), était un bateleur et un auteur de farces; il se produisait sur le Pont-Neuf à Paris; ses parades et son jeu attiraient un public nombreux. Molière s'en est beaucoup inspiré, notamment pour son personnage des *Précieuses ridicules*, Mascarille.
L'évolution de Molière au fil des ans atteste autant le discrédit jeté sur la farce et le burlesque après la Fronde que l'ascension sociale de l'auteur (il jouait pour la province, il joue pour le roi). De Sorel* à Furetière, le roman comique perd lui aussi de sa vivacité carnavalesque. Sous Louis XIV, les saturnales[1] sont finies.

Charles Sorel
Histoire comique de Francion, 1633

Sorel est l'auteur du premier roman burlesque français. L'*Histoire comique de Francion*, éditée en trois fois – 1623, 1626, 1633 –, oscille entre le fabliau grivois, le roman

1. Référence aux fêtes célébrées dans l'Antiquité romaine en l'honneur du dieu Saturne – divinité des semailles et de la culture de la vigne – au cours desquelles régnait la plus grande licence.

picaresque[1] (avec récits enchâssés) et le roman satirique, où s'illustrera Furetière. Si ses cibles favorites sont les juristes et les pédants de collège, il ose aussi s'attaquer à l'idée de noblesse « naturelle ». Mais la censure morale veille : au fil des trois éditions successives, Sorel ne se contente pas de poursuivre son intrigue, il en profite aussi pour édulcorer les passages les plus licencieux. Le « libertin » Théophile de Viau, qu'il avait fréquenté, venait d'être persécuté par le Parlement (1623-1625). L'*Histoire comique* ne perd pourtant pas son sel, comme en témoigne cet extrait. Sorel enrichit les traditions populaires grivoises d'une résonance baroque : la réflexion sur les rapports entre rêve et réalité, la présence du verre, symbole de fragilité, en témoignent. Le savant Descartes*, cherchant la frontière entre veille et sommeil dans ses *Méditations métaphysiques* (1641, édition latine), s'intéressait aux fous qui imaginaient « avoir un corps de verre ». Le « héros », Francion, raconte ici à son ami Valentin le rêve qu'il a fait de Laurette, dont il demeure épris, en dépit de nombreuses aventures galantes.

[...] « Venez voir votre Laurette, me dit-elle à l'heure[2], elle est dedans ma caverne. » Je la suivis, ajoutant foi à ses paroles, et quand je fus descendu j'aperçus Laurette en un coin, tout immobile ; à l'instant je courus l'embrasser, mais au lieu de sentir une chair douce et délicate je ne sentis rien qu'une pierre froide, ce qui me fit imaginer que ce n'était qu'une statue. Toutefois, je voyais les yeux se remuer comme

1. Le roman picaresque, né en Espagne au XVIe siècle avant d'être importé en France, est un récit dans lequel le personnage principal est non pas un héros mais un *picaro*, c'est-à-dire un coquin en espagnol.
2. *À l'heure* : à ce moment, alors.

s'ils eussent été vivants, et la bouche, après un mignard souris[1], me dit : « Vous, soyez le bienvenu, mon Francion, ma colère est passée, il y a longtemps que je vous attends. » La femme qui m'avait conduit là, me voyant en grande peine alors, m'apprit qu'il était inutile d'embrasser Laurette et qu'elle était enfermée d'un étui de verre à proportion de son corps[2], que l'on voyait aisément au travers. Cela dit, elle me parla de Valentin et me fit accroire que j'étais aussi impuissant que lui aux combats de l'amour[3], mais qu'elle avait des remèdes pour me donner de la vigueur ; car, comme vous savez, les songes ne sont remplis que des choses auxquelles on a pensé le jour précédent. M'ayant donc fait coucher tout de mon long, elle me fourra une baguette dedans le fondement[4], dont elle fit sortir un bout par le haut de ma tête ; néanmoins, cela me causa si peu de mal que j'étais plutôt ému à rire de cette plaisante recette qu'à me plaindre. Comme je me tâtais de tous côtés, je sentis que la baguette poussa de petites branches chargées de feuilles, et peu après poussa un bouton de fleur[5] inconnue qui, s'étant éclos et étalé, se pencha assez pour réjouir mes yeux par sa belle couleur. J'eusse bien voulu savoir s'il avait une odeur qui pût aussi bien

1. *Un mignard souris* : un sourire mutin, charmeur, « qui a une beauté délicate, qui a les traits doux et agréables » (dictionnaire Furetière).

2. L'enveloppe de verre moule parfaitement le corps de Laurette. Laurette est une « sainte-nitouche » enfermée dans une châsse, un coffre. La réversibilité des images (Laurette est froide/ c'est Francion qui est impuissant) est propre au rêve.

3. *Combats de l'amour* : périphrase désignant l'acte sexuel.

4. *Fondement* : anus.

5. La fleur a une forte connotation sexuelle (« déflorer » signifie « ôter la fleur de virginité d'une fille » [dictionnaire Furetière]).

contenter le nez et, ne l'en pouvant pas approcher, je coupai sa queue avec mes ongles pour le séparer de la tige[1] ; mais je fus bien étonné de voir que le sang sortit aussitôt par l'endroit où j'avais rompu la plante, et peu après je commençai de souffrir un petit de mal qui me contraignit de me plaindre à ma chirurgienne qui, accourant à moi et voyant ce que j'avais fait, s'écria : « Tout est perdu ! Vous mourrez bientôt par votre faute : je n'en sais rien qui vous puisse sauver. La fleur que vous avez rompue était un des membres de votre corps. – Hé ! Rendez-moi la vie ! ce dis-je, vous m'avez déjà montré que rien ne vous est impossible. – Je m'en vais mettre tous mes efforts à vous guérir, me répliqua-t-elle, et puisque Laurette est ici présente, je crois que par son moyen je viendrai mieux à bout de mon entreprise. » Alors elle alla trouer le verre qui couvrait Laurette au droit[2] de la bouche et lui commanda de souffler dans une longue sarbacane qu'elle fit entrer par en bas dans un petit creux qui était à terre. Puis elle vint à moi et, m'ayant tiré la baguette du corps, me retourna et me mit le cul sur un petit conduit où répondait la sarbacane. « Poussez votre vent ! dit-elle alors à Laurette, il faut que vous rendiez ainsi l'âme à votre serviteur, au lieu que les autres dames la rendent aux leurs par un baiser[3]. »

À l'heure même, une douce haleine m'entra dans le corps par la porte de derrière, de quoi je reçus un plaisir incroyable. Bientôt après, elle se rendit si véhémente

1. L'expression « rompre un bois » désignait l'acte sexuel. Le rêve de Francion détourne des images populaires.
2. *Au droit* : à droite.
3. Renversement carnavalesque du langage galant (« ce baiser accordé me fait rendre l'âme », c'est-à-dire mon souffle vital), l'âme étant décrite comme un vent (pet) à l'envers.

qu'elle me souleva de terre et me porta jusqu'à la voûte. Petit à petit, elle modéra sa violence de sorte que je descendis à deux coudées[1] près de la terre. Ayant alors moyen de regarder Laurette, je tournai ma tête vers elle et vis que sa châsse de verre se rompit en deux parties et qu'elle en sortit toute gaie pour venir faire des gambades autour de moi. Je me dressai alors sur mes pieds parce qu'elle ne soufflait plus dans sa sarbacane et que je ne pouvais plus être enlevé par son vent. Oubliant toute autre chose, j'étendais mes bras pour étreindre son corps; mais à l'instant vous me réveillâtes, et je trouvai que j'embrassais une vieille au lieu de celle que j'aime tant. Quand je considère que vous me privâtes du bien que j'allais goûter en idée, je dis que vous me fîtes un très grand tort; mais quand je considère, en récompense, que vous me gardâtes de souiller mon corps en le joignant à un autre auquel je ne saurais penser qu'avec horreur, je confesse que je vous ai beaucoup d'obligation[2], car certes il me fût advenu du mal en effet, tandis que le bien ne me fût arrivé qu'en songe. [...]

Histoire comique de Francion,
Gallimard, « Folio », 1996, p. 147-149.

1. *Deux coudées* : un mètre, la coudée étant une ancienne unité de mesure de longueur équivalant à cinquante centimètres.
2. *Que je vous ai beaucoup d'obligation* : que je vous suis très redevable.

Furetière,
Le Roman bourgeois, 1666

Prenant le contre-pied des aventures galantes de nobles héros, Furetière dépeint les milieux bourgeois, plus précisément la faune judiciaire de la place Maubert[1] à Paris. L'intrigue «réaliste» est sans cesse interrompue par des considérations satiriques et par divers procédés destinés à rompre l'illusion romanesque. Ce jeu avec les possibles, ces appels au lecteur annoncent au siècle suivant *Le Voyage sentimental* (1768) de Sterne et *Jacques le Fataliste* (1796) de Diderot. Cet extrait qui dégonfle la baudruche romanesque intervient juste après l'annonce de l'enlèvement de Javotte – fille de procureur – par le non moins bourgeois Pancrace, au grand dam du lecteur laissé sur sa faim. Furetière était un farouche ennemi des précieuses et de leur idéalisation de l'amour.

[...] Je ne tiens pas nécessaire de vous rapporter ici par le menu tous les sentiments passionnés qu'il étala et toutes les raisons qu'il allégua pour l'y faire résoudre, non plus que les honnêtes résistances qu'y fit Javotte, et les combats de l'amour et de l'honneur qui se firent dans son esprit : car vous n'êtes guère versés dans la lecture des romans, ou vous devez savoir vingt ou trente de ces entretiens par cœur, pour peu que vous ayez de mémoire. Ils sont si communs que j'ai vu des gens qui, pour marquer l'endroit où ils en étaient d'une histoire, disaient : J'en suis au huitième enlèvement, au lieu de dire : J'en suis au huitième tome. [...] Un plus grand orateur ou poète que moi, quelque inventif qu'il fût, ne vous pourrait rien faire

1. Proche des principales instances judiciaires parisiennes, la place Maubert était le lieu où se concentraient toutes les professions liées de près ou de loin aux tribunaux.

lire que vous n'eussiez vu cent fois. Vous en verrez dont on fait seulement la proposition et on y résiste; vous en verrez d'autres qui sont de nécessité, et on s'y résout. Je vous y renvoie donc, si vous voulez prendre la peine d'y en chercher, et je suis fâché, pour votre soulagement, qu'on ne se soit point avisé dans ces sortes de livres de faire des tables, comme en beaucoup d'autres qui ne sont pas si gros et qui sont moins feuilletés. Vous entrelarderez[1] ici celui que vous trouverez le plus à votre goût, et que vous croirez mieux convenir au sujet. J'ai pensé même de commander à l'imprimeur de laisser en cet endroit du papier blanc, pour y transplanter plus commodément celui que vous auriez choisi, afin que vous pussiez l'y placer. Ce moyen aurait satisfait toutes sortes de personnes : car il y en a tel qui trouvera à redire que je passe des endroits si importants sans les circonstancier, et qui dira que de faire un roman sans ce combat de passions qui en sont les plus beaux endroits, c'est la même chose que de décrire une ville sans parler de ses palais et de ses temples. Mais il y en aura tel autre qui, voulant faire plus de diligence[2] et battre bien du pays[3] en peu de temps, n'en demandera que l'abrégé. [...]

Pour revenir à mon sujet, je vous avouerai franchement que, si je n'ai pas écrit le combat de l'amour et de la vertu de Javotte, c'est que je n'en ai point eu de mémoires[4] particuliers; il dépendra de vous d'avoir

1. Entrelarder signifie « faire des trous dans quelque viande, et y faire entrer du lard pour la rendre plus grasse. [...] Mettre au milieu de quelque autre chose » (dictionnaire Furetière).
2. *Voulant faire plus de diligence* : voulant avancer plus vite.
3. *Battre bien du pays* : beaucoup voyager.
4. *Mémoires* : écrits témoignant de ce qui s'est précisément passé. Le narrateur feint de tirer son récit de témoignages réels, pour accentuer l'illusion romanesque.

bonne ou mauvaise opinion de sa conduite. Je n'écris point ici une morale, mais seulement une histoire. Je ne suis pas obligé de la justifier : elle ne m'a pas payé pour cela, comme on paie les historiens qu'on veut avoir favorables. Tout ce que j'en ai pu apprendre, c'est qu'elle fut facilement enlevée par le moyen d'une échelle qu'on appliqua aux murs du jardin, qui étaient fort bas : car ces bonnes religieuses avaient acheté depuis peu d'un pauvre jardinier ce jardin, dont les murs n'avaient été faits que pour conserver ses choux, qui sont bien plus aisés à garder que des filles[1]. [...]

Le Roman bourgeois, livre I, éd. Marine Roy-Garibal,
GF-Flammarion « Dossier », 2001, p. 213-215.

Molière
Le Bourgeois gentilhomme, 1670

Molière a commencé sa carrière de comédien-dramaturge avec des farces inspirées de la tradition française ou de la *commedia dell'arte*. En rejetant dans l'ombre les persistants aspects farcesques et burlesques de Molière, Boileau a inauguré une vue partiale de son œuvre : « Dans ce sac ridicule où Scapin s'enveloppe/ Je ne reconnais plus l'auteur du *Misanthrope* » (*Art poétique*). Les critiques avides de forger une image purement classique du Grand Siècle ont ainsi prétendu isoler les « grandes comédies » de Molière : *Dom Juan* (1665), *Le Misanthrope* (1666), *Tartuffe* (1669). On a aussi voulu « classiciser » *Le Bourgeois gentilhomme* (1670). Cette dernière pièce est pourtant une comédie-ballet regorgeant d'effets farcesques, mais il est vrai qu'une gestuelle trop mesurée et la suppression des parties dansées (intermèdes) ou leur atténuation (turquerie

1. On plaçait temporairement les jeunes filles de bonne famille dans les couvents pour les garantir des risques du monde.

finale) ont permis cette imposture. L'extrait suivant met en scène un couple apprécié de la *commedia dell'arte*, le maître (Cléonte, épris de Lucile) et son valet (Covielle, amoureux de Nicole). Les phrases bien tournées du noble Cléonte font un écho parodique dans la bouche de son grossier valet. À la fin, les rôles s'inversent : le valet donne le *la*, et le maître ajoute son *bémol*, contredit galamment ses critiques prosaïques.

Acte III, scène 9

[…]

CLÉONTE. – Peut-on rien voir d'égal, Covielle, à cette perfidie de l'ingrate Lucile ?

COVIELLE. – Et à celle, Monsieur, de la pendarde[1] de Nicole ?

CLÉONTE. – Après tant de sacrifices ardents, de soupirs, et de vœux que j'ai faits à ses charmes !

COVIELLE. – Après tant d'assidus hommages, de soins et de services que je lui ai rendus dans sa cuisine !

CLÉONTE. – Tant de larmes versées à ses genoux !

COVIELLE. – Tant de seaux d'eau que j'ai tirés au puits pour elle !

CLÉONTE. – Tant d'ardeur que j'ai fait paraître à la chérir plus que moi-même.

COVIELLE. – Tant de chaleur que j'ai soufferte à tourner la broche à sa place !

CLÉONTE. – Elle me fuit avec mépris !

COVIELLE. – Elle me tourne le dos avec effronterie.

1. *Pendarde* : au sens propre, « qui a commis des actions qui méritent la corde, la potence » (dictionnaire Furetière) ; ici, terme injurieux.

CLÉONTE. – C'est une perfidie digne des plus grands châtiments.

COVIELLE. – C'est une trahison à mériter mille soufflets[1].

CLÉONTE. – Ne t'avise point, je te prie, de me parler jamais pour elle[2].

COVIELLE. – Moi, Monsieur ! Dieu m'en garde !

CLÉONTE. – Ne viens point m'excuser l'action de cette infidèle.

COVIELLE. – N'ayez pas peur.

CLÉONTE. – Non, vois-tu, tous tes discours pour la défendre ne serviront de rien.

COVIELLE. – Qui songe à cela ?

CLÉONTE. – Je veux contre elle conserver mon ressentiment, et rompre ensemble tout commerce[3].

COVIELLE. – J'y consens.

CLÉONTE. – Ce Monsieur le Comte qui va chez elle lui donne peut-être dans la vue ; et son esprit, je le vois bien, se laisse éblouir à la qualité[4]. Mais il me faut, pour mon honneur, prévenir l'éclat[5] de son inconstance. Je veux faire autant de pas qu'elle au changement où je la vois courir, et ne lui laisser pas toute la gloire de me quitter.

COVIELLE. – C'est fort bien dit, et j'entre pour mon compte dans tous vos sentiments.

CLÉONTE. – Donne la main à mon dépit, et soutiens ma résolution contre tous les restes d'amour qui me pourraient parler pour elle. Dis-m'en, je t'en

---

1. *Soufflets* : gifles.
2. *De me parler jamais pour elle* : de me parler en sa faveur.
3. *Tout commerce* : toute relation.
4. *Se laisse éblouir à la qualité* : se laisse impressionner par sa noblesse.
5. *Éclat* : scandale.

conjure, tout le mal que tu pourras; fais-moi de sa personne une peinture qui me la rende méprisable; et marque-moi bien, pour m'en dégoûter, tous les défauts que tu peux voir en elle.

COVIELLE. – Elle, Monsieur! voilà une belle mijaurée[1], une pimpesouée[2] bien bâtie, pour vous donner tant d'amour! Je ne lui vois rien que de très médiocre, et vous trouverez cent personnes qui seront plus dignes de vous. Premièrement, elle a les yeux petits.

CLÉONTE. – Cela est vrai, elle a les yeux petits; mais elle les a pleins de feux, les plus brillants, les plus perçants du monde, les plus touchants qu'on puisse voir.

COVIELLE. – Elle a la bouche grande.

CLÉONTE. – Oui; mais on y voit des grâces qu'on ne voit point aux autres bouches; et cette bouche, en la voyant, inspire des désirs, est la plus attrayante, la plus amoureuse du monde. [...]

Le Bourgeois gentilhomme, éd. Sophie Sallandrouze, GF-Flammarion, « Étonnants Classiques », 2001, p. 80-82.

1. *Mijaurée* : femme aux manières affectées et prétentieuses.
2. *Pimpesouée* : synonyme de « mijaurée ».

Représentation à Versailles devant Louis XIV et sa cour des *Fêtes de l'Amour et de Bacchus*, opéra de Jean-Baptiste Lully sur un livret de Philippe Quinault, à l'occasion des divertissements donnés par le roi pour fêter la conquête de la Franche-Comté (voir chronologie, p. 31). La mise en scène baroque affectionne la confusion du

La naissance de l'opéra en France

C'est Mazarin qui, le premier, voulut importer d'Italie l'opéra – pièce de théâtre *entièrement chantée*; il n'y réussit qu'avec la création d'*Orfeo* de Luigi Rossi en 1647, dans la salle du Petit-Bourbon[1]. Les décors d'*Orfeo* servirent ensuite à diverses pièces à machine, comme *Andromède* de Corneille (1650). Les Français se cantonnaient toujours dans le ballet de cour, au besoin entrecoupé de pièces de théâtre. Mais l'idée d'un opéra français fait son chemin puisque, en 1669, Colbert fait signer au roi un privilège de douze ans permettant «l'établissement des Académies d'opéra». Les bénéficiaires en sont le librettiste[2] Perrin et le compositeur Cambert, qui créent en 1671 *Pomone*, le premier grand opéra français, sur une intrigue pastorale. Molière, qui, outre une grande expérience des fêtes de cour, vient de collaborer avec Corneille et Lully pour *Psyché* (1671) et a connu le succès de sa comédie-ballet[3] *Le Bourgeois gentilhomme* (1670), sent tout le parti qu'il pourrait prendre de cette nouvelle mode et tente de racheter le privilège royal à Perrin, qui est alors en prison. Mais Lully le «Florentin» réussit à le devancer et à se faire confirmer le privilège par Louis XIV (1672) : fort de son titre de directeur de l'Académie royale de musique, il révèle alors l'ampleur de sa despotique ambition et de sa

1. *Petit-Bourbon* : salle située près du Louvre à Paris, particulièrement adaptée aux pièces à machine. Molière la partagea avec les comédiens-italiens entre 1658 et 1660, date de sa démolition.
2. *Librettiste* : écrivain spécialisé dans la confection de livrets d'opéra.
3. *Comédie-ballet* : comédie entrecoupée d'intermèdes musicaux dansés; genre inventé par Molière.

cupidité. Les grandioses projets de comédie-ballet de Molière sont ruinés : avec beaucoup de peine, il ne réussit qu'à arracher un piètre arbitrage (permission d'employer six chanteurs et douze violons). Molière réalise alors qu'il a perdu la faveur royale au profit de Lully, qui sait mieux divertir le roi. Son *Malade imaginaire* (1673), créé l'année de sa mort, est la dernière comédie-ballet : la voie est ouverte pour Lully, qui s'installe dans la salle du Palais-Royal désertée par une troupe décapitée.

Dans ces années de triomphe, il crée quinze opéras, appelés « tragédies en musique », parmi lesquels : *Alceste, Thésée, Psyché, Amadis* – dont le sujet est choisi par Louis XIV, qui se souvenait du roman de chevalerie *Amadis de Gaule*[1]. La tragédie en musique mêle intrigue tragique ou pastorale, entrées de ballet, airs de cour, et lie le tout avec des récitatifs[2]. Ce sera la forme française de l'opéra pour les successeurs de Lully, qui meurt en 1687 : Pascal Collasse, Marin Marais ou Henry Desmarest ne sortiront pas de cette voie. Même Marc Antoine Charpentier, le rival malheureux de Lully, s'y illustrera avec sa *Médée* (1693). C'est de cette tradition qu'héritera, au XVIIIe siècle, le célèbre Rameau.

---

1. *Amadis de Gaule* : roman de chevalerie de l'Espagnol Garcí Rodríguez de Montalvo (1508), très vite traduit et diffusé dans toute l'Europe. Ses nombreuses rééditions prouvent la persistance de l'idéal chevaleresque, fait d'héroïsme et de courtoisie amoureuse.
2. *Récitatifs* : parties chantées, « sans régularité mathématique de rythme », qui « représent[ent] la parole ordinaire » (dictionnaire Littré).

Molière
Le Misanthrope, 1666

Alceste, l'«atrabilaire amoureux», s'est épris de Célimène la jeune coquette – laquelle lui manifeste tantôt de la moquerie, tantôt de la tendresse –, pour le plus grand dépit d'Arsinoé, la prude vieillissante. Dans ce passage, Arsinoé feint l'amitié pour mieux rabaisser sa rivale. Célimène joue le jeu, mais de façon trop évidemment parodique (répétition des mêmes expressions) et trop véhémente, ce qui entraînera une vive réaction d'Arsinoé : elle se vengera en manipulant les deux marquis et en provoquant la fameuse scène des billets de l'acte V, où la coquette est confondue devant toute l'assemblée. La parodie n'est plus farcesque, elle relève maintenant du persiflage et joue avec les règles de la bienséance au lieu de les perturber (les valets sont d'ailleurs presque absents de cette comédie de salon).

Acte III, scène 4

[...]

CÉLIMÈNE

Voulons-nous nous asseoir ?

ARSINOÉ

Il n'est pas nécessaire,
Madame. L'amitié doit surtout éclater[1]
Aux choses qui le plus nous peuvent importer ;
Et comme il n'en est point de plus grande importance
Que celles de l'honneur et de la bienséance,
Je viens, par un avis qui touche votre honneur,

1. *Éclater* : se montrer, se révéler.

Témoigner l'amitié que pour vous a mon cœur.
Hier j'étais chez des gens de vertu singulière,
Où sur vous du discours on tourna la matière ;
Et là, votre conduite, avec ses grands éclats,
Madame, eut le malheur qu'on ne la loua pas.
Cette foule de gens dont vous souffrez[1] la visite,
Votre galanterie[2], et les bruits[3] qu'elle excite
Trouvèrent des censeurs plus qu'il n'aurait fallu,
Et bien plus rigoureux que je n'eusse voulu.
Vous pouvez bien penser quel parti je sus prendre :
Je fis ce que je pus pour vous pouvoir défendre,
Je vous excusai fort sur votre intention,
Et voulus de votre âme être la caution.
Mais vous savez qu'il est des choses dans la vie
Qu'on ne peut excuser, quoiqu'on en ait envie ;
Et je me vis contrainte à demeurer d'accord

Que l'air dont vous viviez vous faisait un peu tort,
Qu'il prenait dans le monde une méchante face,
Qu'il n'est conte fâcheux que partout on n'en fasse,
Et que, si vous vouliez, tous vos déportements[4]
Pourraient moins donner prise aux mauvais jugements.
Non que j'y croie, au fond, l'honnêteté blessée :
Me préserve le Ciel d'en avoir la pensée !
Mais aux ombres du crime[5] on prête aisément foi,
Et ce n'est pas assez de bien vivre pour soi.
Madame, je vous crois l'âme trop raisonnable,
Pour ne pas prendre bien cet avis profitable,

1. *Souffrez* : tolérez.
2. Célimène accueille de nombreuses personnes qui lui font la cour.
3. *Bruits* : rumeurs.
4. *Déportements* : faux pas, dérèglements.
5. *Aux ombres du crime* : aux apparences du péché.

Et pour l'attribuer qu'aux mouvements secrets
D'un zèle qui m'attache à tous vos intérêts.

CÉLIMÈNE

Madame, j'ai beaucoup de grâces à vous rendre :
Un tel avis m'oblige[1], et loin de le mal prendre,
J'en prétends reconnaître, à l'instant, la faveur,
Pour un avis aussi qui touche votre honneur;
Et comme je vous vois vous montrer mon amie
En m'apprenant les bruits que de moi l'on publie,
Je veux suivre, à mon tour, un exemple si doux,
En vous avertissant de ce qu'on dit de vous.
En un lieu, l'autre jour, où je faisais visite,
Je trouvai quelques gens d'un rare mérite,
Qui, parlant des vrais soins[2] d'une âme qui vit bien,
Firent tomber sur vous, Madame, l'entretien.
Là, votre pruderie et vos éclats de zèle
Ne furent pas cités comme un fort bon modèle :
Cette affectation d'un grave extérieur,
Vos discours éternels de sagesse et d'honneur,
Vos mines et vos cris aux ombres d'indécence
Que d'un mot ambigu peut avoir l'innocence,
Cette hauteur d'estime où vous êtes de vous,
Et ces yeux de pitié que vous jetez sur tous,
Vos fréquentes leçons, et vos aigres censures
Sur des choses qui sont innocentes et pures,
Tout cela, si je puis vous parler franchement,
Madame, fut blâmé d'un commun sentiment.
À quoi bon, disaient-ils, cette mine modeste,
Et ce sage dehors que dément tout le reste?

1. *Un tel avis m'oblige* : je vous suis redevable d'un tel conseil.
2. *Vrais soins* : activités auxquelles un bon chrétien doit s'adonner.

Elle est à bien prier exacte au dernier point[1];
Mais elle bat ses gens, et ne les paie point.
Dans tous les lieux dévots elle étale un grand zèle;
Mais elle met du blanc[2] et veut paraître belle.
Elle fait des tableaux couvrir les nudités;
Mais elle a de l'amour pour les réalités[3].
Pour moi, contre chacun je pris votre défense[4],
Et leur assurai fort que c'était médisance;
Mais tous les sentiments combattirent le mien;
Et leur conclusion fut que vous feriez bien
De prendre moins de soin des actions des autres,
Et de vous mettre un peu plus en peine des vôtres;
Qu'on doit se regarder soi-même un fort long temps,
Avant que de songer à condamner les gens;
Qu'il faut mettre le poids d'une vie exemplaire
Dans les corrections qu'aux autres on veut faire;
Et qu'encor vaut-il mieux s'en remettre, au besoin,
À ceux à qui le Ciel en a commis le soin[5].
Madame, je vous crois aussi trop raisonnable,

---

1. En passant au discours direct («disaient-ils») et en utilisant le présent, Célimène rompt le pacte de l'hypocrisie : elle fait un portrait au vitriol d'Arsinoé *directement*, et non par l'artifice de prétendues rumeurs. Le portrait enchâssé dans la réplique parodique explique la surprise et la violente réaction d'Arsinoé après le passage.
2. *Elle met du blanc* : elle met du fard. Au XVIIe siècle, le teint blanc était le plus prisé.
3. Les épigrammes visant Arsinoé – double féminin de Tartuffe – sont fondées sur l'opposition apparence/ réalité (dévotion feinte/ injustice réelle; dévotion/ coquetterie; pruderie/ luxure).
4. La reprise de la réplique parodique se fait trop tard : le mal est fait.
5. *À ceux à qui le Ciel en a commis le soin* : périphrase désignant les prêtres.

Pour ne pas prendre bien cet avis profitable,
Et pour l'attribuer qu'aux mouvements secrets
D'un zèle qui m'attache à tous vos intérêts.

Le Misanthrope, éd. Loïc Marcou,
GF-Flammarion « Dossier »,
1997, p. 101-104, v. 878-960.

V. Littérature politique ou policée ?

La meilleure surveillance des règles de bienséance, assurée par l'Académie française et une autocensure diffuse, est aussi une manière de brider la puissance contestatrice de l'invective burlesque. Lors de la Fronde, Mazarin n'avait pas réussi à maîtriser la vague de libelles qui le conspuaient. Sous Louis XIV, les nobles ont été matés, le Parlement étouffé, les écrivains mis au pas : excepté quelques réfractaires, seul le haut clergé dispose encore d'une certaine autonomie de parole (et de publication), dans des circonstances très particulières (fêtes religieuses, offices funèbres, etc.).

Scarron
La Mazarinade, 1651

La Mazarinade de Scarron, dont le titre parodie celui des grandes épopées (l'*Iliade*), donnera son nom à ce genre de brûlots, dans lequel s'illustrent Retz, La Rochefoucauld, Saint-Évremond, Sarasin, Guez de Balzac, Saint-Amant, Cyrano de Bergerac, Tristan l'Hermite*, Bussy-Rabutin… Les « mazarinades » étaient de styles et de tons très variés selon le rang de l'écrivain et son intention (selon qu'il souhaitait convaincre ou indigner). Mazarin, Retz, Condé avaient chacun un véritable atelier de pamphlétaires chargés de gagner la volatile opinion parisienne.

Le libelle de Scarron à l'encontre de Mazarin, par sa crudité et sa violence, est directement issu des traditions populaires (farce, carnaval, chanson). La véhémence d'une langue qui prend pour cible le «cardinal Sardanapale», le «ministre à tête de courge», permet des trouvailles inédites, qui annoncent l'usage que Céline fera de l'argot.

[...]
À toi donc, Calabrais[1] romain,
Bon pied, bon œil, et bonne main :
Pare le coup que je te porte,
Ou que le grand diable t'emporte,
Et toi mon brave Marigny,
Qui plus qu'aucun sur le Zani[2]
As décoché mainte ballade,
Écoute ma mazarinade.
À la malheure, Mazarin,
Du pays d'où vient Tabarin[3],
Es-tu venu troubler le nôtre !
On te prenait bien pour un autre ;
On t'avait fort mal deviné,
Lorsqu'on te croyait raffiné
Et de science, et de pratique[4] :
Tu n'es pas un grand politique,
Tous tes desseins prennent un rat[5]
Dans la moindre affaire d'état.

1. *Calabrais* : de Calabre, province du sud de l'Italie. Jules Mazarin (Giulio Mazarini) est en fait né dans les Abruzzes, d'une famille ligure, mais son grand-père a fait fortune en Sicile. Les Calabrais avaient une réputation de bandits.
2. *Zani* : diminutif de « Mazarini » insistant sur l'origine italienne du cardinal.
3. *Tabarin* : voir p. 93.
4. *Pratique* : expérience (opposé à « science », savoir).
5. « On dit [qu'il prend un rat] de celui qui a manqué son coup en quelque autre sorte d'affaires » (dictionnaire Furetière).

Singe du prélat de Sorbonne,
Ma foi, tu nous la bailles bonne !
Tu n'es à ce cardinal duc
Comparable qu'en aqueduc.
Illustre en ta partie honteuse,
Ta seule baguette[1] est fameuse. [...]
Ha, ne tranche plus du ministre,
Tu n'étais né que pour le sistre[2];
Mais la fortune en bonne humeur
T'a fait prince, de parfumeur.
Casse ta garde de soudrilles[3],
Va-t-en travailler en pastilles[4],
Va-t-en travailler en jasmin[5],
Digne emploi de ta blanche main
Et que ta tête chauve et blonde
Se mette à couvert de la fronde :
Fuis les arrêts du parlement,
Trousse bagage, et vitement
Que ton altesse Mazarine
Craigne le destin de Concine[6],
Va, va-t-en dans Rome étaler
Les biens qu'on t'a laissé voler :

1. *Baguette* : métaphore grivoise désignant le sexe masculin (sur le modèle de « verge »).
2. *Sistre* : sorte de luth utilisé en Italie.
3. *Soudrilles* : soudards, pillards.
4. *Pastilles* : sorte d'encens qui servent à parfumer une chambre.
5. Le jasmin est utilisé en parfumerie. Il s'agit toujours de condamner un efféminé.
6. Concino Concini (1575-1617) : favori de Marie de Médicis (épouse d'Henri IV), il eut pour principal objectif politique, avant Richelieu et Mazarin, le rabaissement de la haute noblesse ; il fut assassiné sur ordre de Louis XIII en 1617 ; c'était le type même de l'aventurier italien parvenu au pouvoir grâce à ses intrigues de cœur. Son cadavre fut déterré et traîné dans les rues de Paris par la foule.

Va, va-t-en gredin de Calabre,
Filocabron ou filocabre[1],
Va vite, et fais rompre les ponts :
Car s'il faut que quelqu'un te suive :
Que l'on te demande QUI VIVE ?
Que tu répondes, MAZARIN,
C'est fait de toi, pauvre Jule,
Et l'un et l'autre testicule :
Et lors, ô cardinal pelé,
Cardinal détesticulé,
N'étant plus ni femme, ni homme,
Comment paraîtras-tu dans Rome [...] ?
[...] Hà, que ne puis-je d'un revers[2]
Accompagner ces petits vers,
Ou sur ta tête chauve et folle
Appliquer une croquignole[3] ! [...]
Cher Jule, tu seras pendu[4]
Au bout d'une vieille potence,
Sans remords et sans repentance,
Sans le moindre mot d'examen[5],
Comme un incorrigible. *Amen.*

La Mazarinade,
d'après l'édition originale.

1. « Philocabron » se dit de celui qui aime les boucs, « philocabre » de celui qui aime les chèvres; allusion aux amours de Mazarin.
2. *Revers* : gifle.
3. *Croquignole* : « coup qui se donne sur le visage en lâchant avec violence un doigt qu'on a posé sur un autre » (dictionnaire Furetière).
4. La pendaison était infamante, contrairement à la décapitation.
5. *Examen* : enquête, discussion avant le verdict; Scarron réclame une justice populaire immédiate.

Corneille
Cinna, 1640

Cinna témoigne de l'atmosphère turbulente qui précède la Fronde. La haute noblesse, humiliée par Richelieu, se soulevait sans cesse contre le pouvoir royal, mais ses rébellions multiples étaient vaines : aucun projet politique ne les soutenait, les liaisons amoureuses et les liens de loyauté personnelle les faisaient relever d'un véritable «snobisme de la conspiration». Dans *Cinna*, Corneille appelle à la clémence royale (incarnée par Auguste) envers la haute noblesse (représentée par les «républicains» romains), mais aussi à la soumission des Grands : seul le pardon peut rétablir la souveraineté en forçant les révoltés à la gratitude personnelle. Cette conception féodale de la monarchie (le roi n'est que «le plus grand des seigneurs», *primus inter pares*) en fait une critique voilée de l'absolutisme et de la conception administrative de la royauté prônée par Richelieu.

Acte V, scène 3

AUGUSTE

En est-ce assez, ô ciel, et le sort pour me nuire
A-t-il quelqu'un des miens qu'il veuille encor séduire ?
Qu'il joigne à ses efforts le secours des enfers,
Je suis maître de moi comme de l'univers.
Je le suis, je veux l'être. Ô Siècles, ô mémoire,
Conservez à jamais ma dernière victoire,
Je triomphe aujourd'hui du plus juste courroux
De qui le souvenir puisse aller jusqu'à vous.
Soyons amis, Cinna, c'est moi qui t'en convie :
Comme à mon ennemi je t'ai donné la vie,
Et, malgré la fureur de ton lâche destin,
Je te la donne encor comme à mon assassin.

Commençons un combat qui montre par l'issue
Qui l'aura mieux de nous, ou donnée, ou reçue.
Tu trahis mes bienfaits, je les veux redoubler,
Je t'en avais comblé, je t'en veux accabler.
Avec cette beauté que je t'avais donnée,
Reçois le consulat[1] pour la prochaine année.
Aime Cinna, ma fille, en cet illustre rang,
Préfères-en la pourpre[2] à celle de mon sang;
Apprends sur mon exemple à vaincre ta colère,
Te rendant un époux, je te rends plus qu'un père.

ÉMILIE

Et je me rends, Seigneur, à ces hautes bontés,
Je recouvre la vue auprès de leurs clartés :
Je connais mon forfait qui me semblait justice;
Et (ce que n'avait pu la terreur du supplice)
Je sens naître en mon âme un repentir puissant,
Et mon cœur en secret me dit qu'il y consent.
Le ciel a résolu votre grandeur suprême;
Et pour preuve, seigneur, je n'en veux que moi-même :
J'ose avec vanité me donner cet éclat,
Puisqu'il change mon cœur, qu'il veut changer l'État.
Ma haine va mourir, que j'ai crue immortelle;
Elle est morte, et ce cœur devient sujet fidèle;
Et prenant désormais cette haine en horreur,
L'ardeur de vous servir succède à sa fureur.

---

1. Le consulat, principale charge pendant la République, n'avait plus sous l'Empire qu'une fonction honorifique, le pouvoir réel étant aux mains de l'Empereur.
2. *Pourpre* : rouge, couleur du pouvoir; la toge du consul était bordée de pourpre.

CINNA

Seigneur, que vous dirai-je après que nos offenses
Au lieu de châtiments trouvent des récompenses?
Ô vertu sans exemple! ô clémence qui rend
Votre pouvoir plus juste et mon crime plus grand!

Cinna, Théâtre, t. II, éd. Jacques Maurens, GF-Flammarion, 1989, p. 418-419, v. 1693-1731.

Bossuet
Oraison funèbre d'Henriette de France, 1669

Les sermons donnés au Louvre pouvaient facilement acquérir une grande importance politique : tous les puissants étaient réunis auprès du roi pour écouter le prêcheur. Dans cette oraison prononcée en 1669, Bossuet use de son prestige pour prôner le rapprochement de la France et de l'Angleterre, se faisant le porte-parole officieux de Madame (sœur du roi) et même de Louis XIV : le discours était un message indirect adressé au pouvoir anglais. Mais l'« aigle de Meaux » n'a pas toujours été docile envers son roi : dans l'*Oraison funèbre de Marie-Thérèse*, il déplore ainsi que la France ne secoure pas l'Autriche contre les Turcs (Louis XIV menait une politique d'alliance avec les Ottomans, pour combattre efficacement les Habsbourg, au mépris de la solidarité chrétienne).

[...] Quand Dieu laisse sortir du puits de l'abîme la fumée qui obscurcit le soleil, selon l'expression de l'Apocalypse, c'est-à-dire l'erreur et l'hérésie, quand, pour punir les scandales, ou pour réveiller les peuples et les pasteurs, il permet à l'esprit de séduction de tromper les âmes hautaines, et de répandre partout

un chagrin superbe[1], une indocile curiosité, et un esprit de révolte, il détermine, dans sa sagesse profonde, les limites qu'il veut donner aux malheureux progrès de l'erreur et aux souffrances de son Église. Je n'entreprends pas, Chrétiens, de vous dire la destinée des hérésies de ces derniers siècles, ni de marquer le terme fatal dans lequel Dieu a résolu de borner leur cours. Mais, si mon jugement ne me trompe pas, si, rappelant la mémoire des siècles passés, j'en fais un juste rapport[2] à l'état présent, j'ose croire, et je vois les sages concourir à ce sentiment, que les jours d'aveuglement sont écoulés, et qu'il est temps que la lumière revienne. Lorsque le roi HENRI VIII, prince en tout le reste accompli, s'égara dans les passions qui ont perdu Salomon et tant d'autres rois, et commença d'ébranler l'autorité de l'Église[3], les sages lui dénon-
|20 cèrent qu'en remuant ce seul point il mettait tout en péril, et qu'il donnait contre son dessein une licence effrénée aux âges suivants. Les sages le prévirent; mais les sages sont-ils crus en ces temps d'emportement, et ne se rit-on pas de leurs prophéties? Ce qu'une judicieuse prévoyance n'a pu mettre dans l'esprit des hommes, une maîtresse plus impérieuse, je veux dire l'expérience, les a forcés de le croire. Tout ce que la religion a de plus saint a été en proie[4] : l'Angleterre a

1. *Superbe* : orgueilleux.
2. *Rapport* : comparaison.
3. Henri VIII (1491-1547), désireux de légitimer la passion qu'il éprouvait pour Anne Boleyn (1507-1536), demanda au pape d'annuler le mariage qui le liait à Catherine d'Aragon (1485-1536). Le refus du pape conduisit Henri VIII à instituer la religion anglicane – dont le chef spirituel est le roi d'Angleterre. Salomon, roi d'Israël de -972 à -932, est célèbre pour sa sagesse, ses richesses, mais aussi pour ses nombreuses épouses.
4. *A été en proie* : a été exposé à la violence.

tant changé, qu'elle ne sait plus elle-même à quoi s'en tenir; et, plus agitée en sa terre et dans ses ports mêmes que l'Océan qui l'environne, elle se voit inondée par l'effroyable débordement de mille sectes bizarres[1]. Qui sait si, étant revenue de ses erreurs prodigieuses touchant la royauté, elle ne poussera pas plus loin ses réflexions, et si, ennuyée de ses changements, elle ne regardera pas avec complaisance l'état qui l'a précédé? Cependant, admirons ici la piété de la reine, qui a su si bien conserver les précieux restes de tant de persécutions[2]. Que de pauvres, que de malheureux, que de familles ruinées pour la cause de la foi, ont subsisté pendant tout le cours de sa vie par l'immense profusion de ses aumônes! Elles se répandaient de toutes parts jusqu'aux dernières extrémités de ses trois royaumes, et, s'étendant, par leur abondance, même sur les ennemis de la foi, elles adoucissaient leur aigreur, et les ramenaient à l'Église. [...]

Oraison funèbre d'Henriette de France,
Garnier, 1961, p. 119-120.

1. En Angleterre coexistaient la religion d'État (anglicanisme), le catholicisme (souvent persécuté, malgré quelques périodes heureuses), et diverses sectes protestantes refusant la mainmise de l'État sur le domaine spirituel (presbytériens, baptistes, congrégationalistes, quakers, dont beaucoup durent émigrer, notamment aux États-Unis). L'adjectif « bizarres » vise sans doute plus particulièrement les quakers (« trembleurs »), spécialistes des transes en public, avec tremblements divins.
2. Henriette-Marie de France (1609-1669), fille d'Henri IV, épousa Charles Ier d'Angleterre en 1625 et l'incita à protéger les catholiques et à s'opposer fermement aux calvinistes rigoristes. Ce fut une des causes de la chute du roi (il fut jugé par le Parlement puis décapité en 1649).

Dossier

La querelle des Anciens et des Modernes

Cette querelle littéraire a agité les milieux lettrés et savants à partir du début du XVIIe siècle jusque bien avant dans le siècle suivant. Née en Italie, elle ne prend véritablement de l'ampleur en France qu'au moment du triomphe du classicisme ; elle ne trace donc pas de ligne de démarcation entre baroques et classiques. Grossièrement, on peut en distinguer plusieurs phases, qui parfois se chevauchent.

• Querelle du merveilleux (années 1660-1670)

Dans *L'Erreur combattue* (1641), Rampalle part en croisade contre la mythologie antique et prône le recours au merveilleux chrétien, qu'il met en scène dans son épopée *Clovis ou la France chrétienne* (1657), qui est un échec, tout comme *La Pucelle* de Chapelain (1656). Les aspirations des Modernes sont apparues dans le sillage de l'administration des lettres par Richelieu, puis par Colbert : il s'agit de célébrer les temps nouveaux sans humilité et de faire l'éloge inconditionnel de l'absolutisme. La véritable réplique ne vient que dans les années 1660-1670, avec les textes polémiques de Racine et de Boileau. Tous deux s'autorisent des Anciens pour garantir à la sphère littéraire une certaine autonomie face au pouvoir : Boileau appuie ses satires sur l'exemple d'Horace et refuse dans le « Discours au roi », qui ouvre son premier recueil de *Satires*, la louange servile « à la moderne » ; Racine défend une mythologie qui a fait ses preuves chez Sophocle, Euripide, Homère et Virgile. En 1674, Boileau ridiculise dans son *Art poétique* les épopées chrétiennes et publie la traduction d *Traité du sublime* de Longin (en réalité d'un autre auteu inconnu), où Homère est donné en modèle. Desmaret réplique avec sa *Défense du poème héroïque* quelques semaine après.

• Querelle d'*Alceste* (1674)

Lully, à la tête de l'Académie de musique – que Perrault contribué à fonder –, crée *Alceste* en 1674, sur un livret d Quinault, qui a puisé dans la tragédie d'Euripide. Cette mêm année, Racine donne la tragédie *Iphigénie*, à partir d'un pièce d'Euripide. On ne peut rêver meilleure opposition Quinault a largement adapté la pièce d'Euripide au goût d la cour et y a instillé une certaine fadeur sentimental propre à un véritable divertissement, tandis que Racine s'es contenté de menues variations pour renforcer encore u peu le tragique (voir la préface d'*Iphigénie*, 1675). À cett occasion, Perrault prend hautement la défense de l'opér moderne, dans *La Critique de l'opéra, ou Examen de la tragédi intitulée Alceste* (1674). Cette querelle illustre aussi la lutt entre Mme de Montespan, favorable aux Anciens, et le cla Colbert, qui soutient les Modernes.

• Querelle au sein de l'Académie française (1687-1694)

Avec Racine et Boileau historiographes du roi (1677) Colbert mort (1683), les Anciens paraissent triompher. Grâc au soutien de Louis XIV, Boileau rejoint Racine à l'Académi française en 1684 et Louvois introduit les deux amis à l petite Académie (Académie des inscriptions et médailles) e 1685. Dès lors le conflit au sein de l'institution est inévitable lorsque Perrault lit son poème *Le Siècle de Louis le Grand* e 1687 en pleine assemblée, Boileau proteste ouvertement Perrault persiste avec ses *Parallèles des Anciens et des Moderne* (1688-1697), qui donnent l'avantage aux Modernes dans tou les domaines, des sciences aux belles-lettres, en flétrissant a passage Homère. Fontenelle, le neveu vengeur de Corneille ntre alors en scène : c'est un brillant savant mondain, l'étoile ıontante de la gazette à la mode, *Le Mercure galant*. Il affirme lairement sa vision du progrès dans sa *Digression sur les nciens et les Modernes* (1687) : la nature humaine ne change as au cours des siècles, et les Anciens n'avaient pas un plus rand génie que nous, mais le savoir, lui, s'accumule et notre sprit critique s'affine. Sans doute apeuré par le tournant ationaliste que Fontenelle impose à la querelle, Perrault se éconcilie avec Boileau en 1694 (embrassades au sein de Académie). Les rôles sont alors à peu près distribués : petite Académie est un fief ancien dédié à l'étude de Antiquité, alors que l'Académie des sciences fondée par Colbert (1666) est un fief de savants modernes, l'Académie ançaise, elle, connaît une sorte de coexistence pacifique. Le égime de Louis XIV avait à la fois besoin d'une idéologie onservatrice et d'une science innovante au service d'une dministration moderne.

• Querelle des femmes (1694)

Elle se confond parfois avec la querelle des Anciens et des lodernes, les premiers s'adressant à un public masculin 'érudits, tandis que les seconds écrivent pour la cour, où ègnent les femmes de goût éprises de romanesque, adeptes 'opéra et fidèles lectrices du *Mercure galant*. Aux attaques de *Satire X*, « Contre les femmes », de Boileau (1694), s'oppose igoureusement l'*Apologie des femmes* de Perrault (1694).

• Querelle d'Homère (à partir de 1711)

La figure d'Homère a hanté la querelle des Anciens et des lodernes depuis ses débuts, mais elle devient vraiment omni-résente avec la parution en 1711 de la traduction de l'*Iliade* ar Mme Dacier, érudite helléniste, dévouée à la cause des nciens. En 1714, Houdar de La Motte, disciple de Fontenelle, ssène sa propre traduction : il dit avoir adapté Homère au on goût moderne. Mme Dacier réplique alors avec son essai, *auses de la corruption du goût*. Cette polémique autour 'Homère perdure tout au long du siècle.

– Les Anciens : **Boileau**, Racine, La Fontaine, La Bruyèr Huet (érudit), Fénelon, Mme Dacier.

– Les Modernes : Desmarets, **Perrault**, Fontenel Houdar de La Motte.

Pour en savoir plus

Marc FUMAROLI, *La Querelle des Anciens et des Modernes*, précédé de *Les Abeilles et les Araignées*, Gallimard, coll. « Folio », 2001.

Baroque et classicisme dans les arts

L'illusion d'une irréductible particularité française a longtemps entravé l'histoire des arts : la France était censément une citadelle classique résistant à l'Europe baroque. Cette vision bornée a occulté les influences croisées entre la France et les autres pays, l'Italie au premier chef. À l'inverse, la frénésie des années 1960 (architecture, peinture, sculpture) et 1970 (musique) a eu tendance à considérer toutes les œuvres comme issues d'une seule et même esthétique baroque. Nous nous contenterons de signaler quelques polémiques illustrant cette gigantomachie factice.

• **Architecture**

Le parangon baroque, c'est la place Navone à Rome, où le Bernin et Borromini ont rivalisé de génie. Ils s'étaient mis au service des papes, lesquels voulaient un art adapté à la Contre-Réforme, qui garde le peuple dans la foi catholique en le comblant de grandioses émotions visuelles, aux antipodes de l'austérité protestante. L'architecture baroque, loin d'être un pur caprice formel, se caractérise par des règles implicites de composition : fusion des arts plastiques (l'architecture sculpte), multiplication des plans, primat de la façade décorative, qui ne doit plus refléter strictement la structure interne de l'église (principe adopté par les architectes de la Renaissance, comme Brunelleschi[1]), utilisation de l'ovale, des ellipses,

1. Filippo Brunelleschi (1377-1446) : célèbre architecte florentin qui élabora notamment la coupole du Dôme de Florence. Il affectionnait les formes classiques et épurées.

des perspectives fuyantes, abolition de la distinction intérieur
extérieur[1], coupoles en trompe-l'œil. Le principal argumen
des tenants du classicisme français contre le baroque, c'est l
caractère beaucoup plus «Renaissance», statique, des bât
ments et monuments d'architectes comme Mansart o
Le Vau. L'éviction, au profit de ce dernier, du Bernin, qu
Louis XIV voulait charger de la restauration du Louvre, illus
trerait la résistance française aux sensualités italienne
Certains insistent au contraire sur la dénaturation classiqu
de Versailles, qui ne paraît aussi rigide que parce que le palai
est privé de ses grandioses effets de fontaine et de ses fan
tasques ballets. D'autres soulignent le caractère artificiel de l
notion de «baroque» : Borromini et le Bernin ont des style
foncièrement divergents. De façon générale, on considèr
que la voie française prédominante sous Louis XIV consiste
canaliser les éléments baroques dans la décoration (telles le
décorations de Le Brun à Versailles), tout en conservant de
structures classiques.

La polémique baroque/ classique s'est concentrée sur l'ar
chitecture plutôt que sur la sculpture ou la peinture (malgr
la tentation d'une opposition entre le statique Poussin et l
tumultueux Le Brun) : c'était l'art plastique total par excel
lence, qui résumait le mieux l'ambition baroque (fusion de l
décoration et de la structure).

• **Musique**

Une autre querelle est apparue plus récemment dans c
domaine moins accessible au public. Dans les années 197
ont été formés des ensembles désirant jouer la musiqu
«baroque» avec les instruments anciens, redécouvrir de
compositeurs négligés (Lully, Rameau) et respecter le
manuels musicaux de l'époque. Ils s'opposaient aux interpré
tations «classiques» ou «romantiques» de musiciens comm
Klemperer ou Karajan au nom de la «justesse stylistique» e

---

1. Voir p. 134, la colonnade de la place Saint-Pierre à Rome, qui enveloppe le
fidèles dans l'espace sacré avant même leur entrée dans la basilique.

de la «vérité sonore» : ce sont Alfred Deller (contre-ténor, qui chante Purcell), Jean-Claude Malgoire (qui a remis à l'honneur Lully et Rameau), Philippe Herreweghe, directeur de la Chapelle royale (chœur qui a notamment chanté les cantates de Bach), le violoniste Sigiswald Kuijken. La prise de pouvoir des «baroqueux» a suscité l'ironie des partisans d'une interprétation «romantique» et des défenseurs de la liberté d'interprétation. La guerre froide a viré au conflit ouvert au seuil des années 1990, quand les baroqueux ont décidé d'appliquer leur méthode à l'ancienne chasse gardée de leurs ennemis : Herreweghe attaquait l'interprétation de Mahler, Harnoncourt prenait d'assaut les symphonies de Schubert.

Le chef d'orchestre antibaroqueux Jean-Paul Penin dénonce alors cette «glaciation esthétique», ce culte maniaque de l'«authenticité sonore», cette colonisation de la musique par des musicologues pédants : «l'idéologie baroqueuse impose à la musique une mission qui lui est étrangère, car elle en fait la servante de l'histoire, de la sociologie ou de l'anthropologie». Les antibaroqueux s'insurgent aussi au nom du progrès technique : «À quoi bon [...] revenir à des instruments dont les défauts et les faiblesses désolaient les artistes de l'époque? » Cette querelle musicale est riche d'enseignements pour la critique théâtrale : au théâtre aussi, l'interprétation peut opter pour la reconstitution authentique d'une pièce «baroque» (par exemple jouer les intermèdes du *Bourgeois gentilhomme*), pour la liberté totale de mise en scène ou encore pour une vision classique, traditionnelle (telles les interprétations données à la Comédie-Française). Les polémistes «baroqueux» se sont souvenus que la diction tragique était «baroque» : la Champmeslé, tragédienne favorite de Racine, avait des intonations très variées et très fortes, loin du ronron classique. Là encore, Penin peut répliquer, au nom du goût moderne : «Imaginerait-on *Phèdre* [...] déclamée sur un ton à égale distance entre le chant et la parole, comme l'appréciaient les contemporains de Racine? »

Pour en savoir plus

Philippe BEAUSSANT, *Vous avez dit baroque ?*, Actes Sud, 1988 [étude du baroque en musique].

Pierre CHARPENTRAT, *L'Art baroque*, PUF, 1967.

Jean-Paul PENIN, *Les Baroqueux ou le Musicalement correct*, Gründ, 2000.

Victor Lucien TAPIÉ, *Baroque et classicisme*, Librairie générale française, 1980.

Archives Flammarion

Extase de sainte Thérèse, par le Bernin ;
groupe sculpté achevé en 1647.

Le Bernin fut chargé de décorer la chapelle dédiée à sainte Thérèse d'Ávila (1515-1582) dans l'église Sainte-Marie-de-la-Victoire, à Rome. Le marbre représente l'extase mystique de la sainte placée sur une nue : un ange lui apparaît, qui s'apprête à lui transpercer le cœur d'une flèche d'or. L'extase est figurée sur un mode presque « érotique » – sainte Thérèse, la bouche ouverte, les yeux fermés, tombant évanouie devant l'ange qui s'approche d'elle et pointe sa flèche, le sourire aux lèvres. Cette œuvre illustre un trait baroque essentiel : le réunion du charnel et du divin – la sainte est touchée jusque dans sa chair par l'amour de Dieu.

La colonnade de la place Saint-Pierre, à Rome, par le Bernin, 1657-1666.

Cette colonnade est un parfait exemple de la scénographie baroque en architecture : surmontée de statues de saints, elle est disposée en ellipse et prolongée par deux corridors – aux axes convergeant légèrement vers l'obélisque du Vatican (afin d'accentuer la perspective d'ensemble) – qui donnent sur la basilique. Elle s'ouvre selon les mots

La colonnade du Louvre, à Paris ; façade orientale de la cour Carrée.

Sous Louis XIV, Colbert demanda à Louis Le Vau de quadrupler la cour Carrée du Louvre. Le projet fut réalisé entre 1661 et 1663. Pour aménager la porte d'honneur, on édifia à partir de 1667 cette monumentale colonnade. Elle est l'œuvre de Louis Le Vau associé à Charles Le Brun et à Claude Perrault. Le roi adopta en effet cette facture classique, aux dépens des différentes propositions, trop onéreuses, du Bernin. S'inspirant des temples antiques, la colonnade est un modèle de clarté et de sobriété.

Archives Flammarion

Mise au tombeau, par le Caravage, 1602-1604.

Dans ce tableau, l'Italien le Caravage (1573-1610) exploite effets de réalisme et mise en scène dramatique chère à la peinture baroque, jouant notamment du clair-obscur. Sur un fond très sombre et dans un décor réduit à la pierre tombale, la lumière suit une ligne oblique et se concentre sur le Christ et son linceul. Les autres personnages, qui surplombent le corps du supplicié, sont enveloppés d'un éclairage plus diffus. Tous répondent à une plastique très expressive.

Les Bergers d'Arcadie, par Nicolas Poussin, v. 1650.

Alors qu'il a passé la majeure partie de sa vie en Italie, Nicolas Poussin (1594-1665) incarne le classicisme dans la peinture française du XVIIe siècle. Cette œuvre, l'une des plus connues du peintre, est une invitation à une méditation métaphysique sur la mort : les bergers d'Arcadie déchiffrent une inscription latine sur un tombeau, *Et in Arcadia ego* – « Même en Arcadie j'existe » (la mort rappelle son omniprésence aux vivants). La composition simple, statique, ainsi que l'utilisation de couleurs froides et claires et d'une lumière voilée illustrent la manière classique.

Principales figures du baroque et du classicisme

AUBIGNAC, François Hédelin, abbé d'(1604-1676). Très proche de Richelieu, il a failli être nommé « surintendant des Spectacles » ; il reste de ce projet sa *Pratique du théâtre* (publiée en 1657 mais rédigée bien avant). L'ouvrage donne les règles à suivre pour faire de bonnes tragédies selon Aristote. Son intransigeance doctorale lui vaut des démêlés avec le très mondain Ménage et avec Corneille, qui lui répond par ses *Trois Discours sur le poème dramatique* (1660). Ses tragédies parfaitement régulières sont fameuses pour leur ennui. À partir de 1655, il réunit chez lui un cercle hostile aux précieuses et aux coquettes; il y va de sa plume avec *Le Royaume de Coquetterie* (1655) et ses *Portraits égarés* (1660). Mlle de Scudéry est alors sa cible de choix. En 1663, son cercle est officialisé sous le nom d'« Académie des belles-lettres », qui disparaît dès 1671. Un apport original de l'abbé d'Aubignac est de nier l'existence d'Homère et de voir dans les deux épopées – l'*Iliade* et l'*Odyssée* – des recueils de poèmes d'époques et d'auteurs différents.

AUBIGNÉ, Agrippa d' (1552-1630). Né en Saintonge, Agrippa d'Aubigné défend la cause protestante par l'épée (il fait les campagnes d'Henri de Navarre, futur Henri IV) et par la plume : tous ses ouvrages, hormis son recueil pétrarquisant *Le Printemps* (composé de 1568 à 1575 et publié à la fin du XIXe siècle), s'inscrivent dans le contexte des guerres de Religion. Il s'oppose aux conversions intéressées – inaugurées par Henri IV en 1593[1] – dans *La Confession du sieur de Sancy*, un virulent pamphlet, et se décide, six ans après l'assassinat du roi en 1610, à publier ses *Tragiques*, poèmes commencés en 1577 qui dépeignent l'horreur de la guerre civile et vilipendent les catholiques.

1. Henri de Navarre avait été le principal défenseur du parti protestant; devenu roi de France sous le nom d'Henri IV, il se convertit au catholicisme par souci de légitimité et d'apaisement national.

Plutôt qu'une *Histoire universelle depuis 1550 jusqu'en 160*
(1616-1620), qui lui valut son exil genevois, et un vif pam
phlet contre la cour de Marie de Médicis, *Les Aventures d*
baron de Faeneste (1617-1620), c'est son recueil poétiqu
qui signale Agrippa d'Aubigné à la postérité : la violenc
des images et un style très expressif ont incité à le couron
ner « père du baroque français ».

BALZAC, Jean Louis Guez de (v. 1595-1654). D'une famill
aristocratique angoumoise liée au duc d'Épernon,
devient célèbre grâce à ses *Lettres* (publiées en 1624) cen
sées incarner le naturel épistolaire et la correction de l
langue. En disciple de Malherbe, il fait beaucoup pou
imposer le purisme à des correspondants flattés de rece
voir des missives de l'« ermite de Charente », où il s'es
retiré, déçu de ses échecs à la cour. Il écrit aussi un *Socra*
chrétien (1652), et l'ouvrage dont il est le plus fier, *Aristipp*
ou De la cour (1658). Ce héraut de l'éloquence naturelle
ennemi des pédants, est vite passé de mode, et a été lu
même convaincu d'emphase. On a dit « parler Balzac »
pour « s'exprimer de façon pompeuse ».

BOILEAU, Nicolas, dit Boileau-Despréaux (1636-1711). Destin
au barreau, il préfère finalement la prêtrise ; l'héritag
paternel en fait un rentier (1657). Il fréquente le cercl
antiprécieux de l'abbé d'Aubignac, compose une *Satir*
contre la noblesse, raille le puissant Chapelain (du clan
Colbert), est apprécié des jansénistes, et se lie ave
Molière. Il fait paraître anonymement *L'Arrêt burlesqu*
violente diatribe contre une Sorbonne restée aristotél
cienne. En 1674, il publie ses *Œuvres diverses*, où l'on peu
lire l'*Art poétique* et une traduction du *Traité du sublim*
attribuée à Longin, suivie de commentaires. Il se rap
proche alors du pouvoir : lui et son nouvel ami Racin
sont nommés historiographes du roi en 1677. Entré
l'Académie en 1684 grâce au soutien de Louis XIV, il
fustige ouvertement Perrault, chef de file des Moderne
(1687) : la réconciliation n'aura lieu qu'en août 169
(voir p. 126-127). Cette même année, il édite lui-même s
célèbre *Satire X* « Contre les femmes ». La fin de sa vie es
marquée par des réflexions plus religieuses (*Épître XII, Su*
l'amour de Dieu) et par la lutte contre les jésuites, qui pren
nent une influence grandissante sur le roi. Il ne peut fair

paraître sa dernière *Satire*, la douzième (« Sur l'équivoque »), d'inspiration janséniste, et meurt d'une pleurésie en mars 1711.

BOSSUET, Jacques Bénigne (1627-1704). Né à Dijon, il fait des études au collège des jésuites de Metz, puis au célèbre collège de Navarre, où il acquiert une profonde connaissance de la culture antique. Ordonné prêtre en 1652, il défend avec ardeur la foi catholique à Metz. Dans les années 1660, il devient un prêcheur parisien reconnu : c'est la période des *Sermons* (« Sur la mort » et « Sur les devoirs des rois », en 1662, au Louvre). En 1669, il est nommé évêque de Condom (dans le Gers), mais peut rester à Paris, où il commence la série des *Oraisons funèbres* (*de Henriette de France*, en 1669, *de Henriette d'Angleterre*, en 1670, *du prince de Condé* en 1687). Au sommet de sa carrière, il est nommé précepteur du Dauphin (1670) : il écrit pour son jeune élève le *Discours sur l'histoire universelle*. En 1671, il est élu à l'Académie française. Ayant achevé l'éducation du prince, il est nommé évêque de Meaux (1681) et fait triompher la position gallicane lors de l'Assemblée de 1682[1]. Dans le même temps, celui que l'on appelle l'« aigle de Meaux » lutte contre l'« hérésie », c'est-à-dire contre les protestants. Dans les années 1690, il échoue dans sa tentative de réunion des Églises catholique et protestantes, mais réussit à dominer Fénelon, défenseur du quiétisme[2].

BOUHOURS, Dominique (1628-1702). Père jésuite, Bouhours est le précepteur de Mme de Longueville[3] et M. de Seignelay (fils de Colbert). Il combat les attaques des jansénistes et il est un des puristes les plus exigeants du siècle, doublé d'un adepte du « bel esprit ».

1. Les prêtres gallicans souhaitent que l'Église française ne soit pas trop dépendante de la hiérarchie romaine, notamment du pape ; ils s'opposaient férocement aux ultramontains qui désiraient une soumission sans faille à Rome. Les jésuites étaient les principaux partisans de l'ultramontanisme.
2. *Quiétisme* : courant religieux, dont la figure la plus célèbre était Mme Guyon (1648-1717), et qui affirmait la possibilité de s'abandonner directement en Dieu, sans passer par la liturgie catholique, c'est-à-dire sans l'intermédiaire des prêtres.
3. Voir p. 80.

L'excessive minutie dont il fait preuve, notamment dans s polémique avec l'écrivain Ménage[1], lui valent quelques sa casmes. Ses *Entretiens d'Ariste et d'Eugène* (1671) restent u bon exemple de la subtile éloquence jésuite. On peut ret nir aussi ses *Nouvelles Remarques sur la langue française* (1675 et sa *Manière de bien penser dans les ouvrages d'esprit* (1687).

CORNEILLE, Pierre (1606-1684). Après des études au collèg jésuite de Rouen, Corneille devient avocat. Sa carrière d dramaturge commence avec *Mélite* (1629), comédie dor le succès l'encourage à en composer d'autres (*La Veuve* e *La Galerie du palais* créées en 1633, *La Suivante* et *La Pla Royale* en 1634). Il change de voie lorsqu'il constate l triomphe des tragédies à l'antique de Rotrou et de Maire *Médée* est sa première tragédie (créée en 1635), mais le préférences de Corneille sont encore partagées puisqu' donne en 1636 une comédie, *L'Illusion comique*, parfa exemple de mise en abyme « baroque ». En janvier 1637, s'illustre avec la tragi-comédie *Le Cid*, qui suscite alors un vaste polémique. La « querelle du *Cid* » (voir p. 47) e amplifiée par le caractère subversif de l'œuvre : l'exalta tion de l'honneur espagnol, du duel et d'une monarchi solitaire irrite sans doute Richelieu. Corneille arrêt d'écrire pendant deux ans. Son retour est marqué pa une salve de tragédies de haut vol, avec *Horace*, *Cinn Polyeucte*, *La Mort de Pompée*, *Rodogune* – qu'il considèr comme son chef-d'œuvre –, etc., écrites entre 1640 e 1644. Il est entre-temps rentré en grâce auprès du pouvoi (*Andromède*, représentée en 1650, est une pièce à machin commandée par Mazarin). L'échec de *Pertharite* en 165 le fait se consacrer exclusivement à sa traduction versifié de l'*Imitation de Jésus-Christ*[2] jusqu'en 1656. En 165 Corneille revient au théâtre avec *Œdipe*, tragédi commandée par Fouquet, le surintendant des Finance de Louis XIV : son succès l'encourage à donner de

1. Il s'agit d'une querelle grammaticale, mais qui a des implic tions religieuses et politiques : Bouhours critiquait en effet l langue et le style des écrivains jansénistes. Ménage était, lu avant tout un grammairien.

2. L'*Imitation de Jésus-Christ* est un traité religieux du moine my tique allemand Thomas a Kempis (1379-1471), qui incite l fidèle à imiter en tout Jésus-Christ.

tragédies comme *Sertorius* (1662), *Sophonisbe* (1663) ou *Attila* (1667). Mais il est alors contesté par la nouvelle génération qui ne jure plus que par Racine (*Andromaque* date de 1667), malgré le soutien inconditionnel de fervents admirateurs comme Mme de Sévigné ou le critique Saint-Évremond. Après un nouveau silence de trois ans, il revient avec *Tite et Bérénice* (1670), dont la réussite est assombrie par le triomphe de *Bérénice* de Racine ; l'échec de *Pulchérie* (1672) et celui de *Suréna* (1674) le font se retirer définitivement. Corneille s'était pourtant efforcé dans ses flamboyantes tragédies politiques de s'adapter aux règles des doctes, mais le goût de la cour a dédaigné l'ancien héroïsme et préféré les douces galanteries de poètes dramatiques tels Quinault ou Pradon et la fatalité des passions amoureuses de Racine. Corneille est mort relativement pauvre, malgré l'éclat de sa carrière.

DESCARTES, René (1596-1650). Né à La Haye, il fait ses études au collège militaire de La Flèche ; licencié en droit, il choisit en 1618 d'apprendre le métier des armes en Hollande. En 1620, il se passionne soudain pour les sciences et fait de nombreux voyages (en Italie notamment). Il compose en 1628 les *Règles pour la direction de l'esprit*, et s'installe en Hollande, terre de liberté, où il demeure jusqu'en 1649. Son *Discours de la méthode* (1637) et ses *Méditations métaphysiques* (1641) détruisent l'aristotélisme chrétien[1], puisqu'il prône la « table rase », c'est-à-dire l'oubli des connaissances dogmatiques. Des règles déductives rigoureuses doivent permettre l'acquisition de nouvelles connaissances exactes ; il professe aussi le dualisme de l'âme et du corps (traité des *Passions de l'âme*). Il s'agit d'étudier le domaine physique sans se soumettre à une autorité religieuse, politique ou universitaire. La condamnation en 1633 de Galilée[2], et l'accusation d'hérésie par

1. L'enseignement universitaire était fondé depuis le Moyen Âge sur les œuvres d'Aristote interprétées par le théologien saint Thomas d'Aquin (1228-1274).
2. L'astronome italien Galilée (1564-1642) a été condamné par l'Église catholique car il défendait la théorie de Copernic selon laquelle la Terre tourne autour du Soleil. L'Église, considérant que la création de Dieu ne pouvait être qu'au centre de l'Univers, refusait toute remise en cause de la théorie de l'astronome grec Ptolémée, qui avait affirmé la place centrale de la Terre.

l'université d'Utrecht en Hollande en 1647, lui font senti la nécessité de soutiens puissants : en 1649, il accept l'invitation de la reine Christine de Suède. Le climat d Stockholm ne lui convient guère, puisqu'il meurt d'un pneumonie en février 1650. On a souvent vu un lien d parenté entre cartésianisme et classicisme : les deux prô nent rigueur et clarté.

Furetière, Antoine (1619-1688). D'abord avocat, Furetièr devient procureur fiscal de l'abbaye de Saint-Germain des-Prés, d'où il est chassé pour malversations. Parce qu'i les a fréquentées, il peut brocarder les professions judi ciaires, principal lieu de promotion sociale pour la bour geoisie soucieuse d'atteindre l'aristocratie de robe : c'es l'objet de son *Roman bourgeois* (1666), à la fois tablea vivant des turpitudes de la place Maubert et antiroma (voir p. 98). Furetière a pour amis Boileau, Racine La Fontaine et le poète Chapelle, tous hostiles au roma nesque. Bien qu'il réussisse à entrer à l'Académie e 1662, il se fait des ennemis de toutes parts, notamment a sein du prestigieux corps, dont il est expulsé au terme d la « querelle des dictionnaires » : Furetière réussit à obte nir par ruse un privilège pour publier son propre diction naire malgré l'exclusivité dont bénéficie l'Académie, qu fait annuler l'autorisation. Son *Dictionnaire universel* paraî en Hollande, deux ans après sa mort, mais avant l *Dictionnaire de l'Académie* publié en 1694 : c'est le premie qu'a retenu la postérité.

La Bruyère, Jean de (1645-1696). Issu de la bourgeoisie pari sienne, La Bruyère fait des études au collège des orato riens, est reçu avocat, puis achète une charge d « trésorier général de France ». Par l'entremise d Bossuet, il devient le précepteur du petit-fils du Gran Condé, le futur duc d'Enghien (il s'occupera ensuite de l bibliothèque de ce dernier). En 1688, il publie le *Caractères de Théophraste*, qu'il traduit du grec, suivis de *Le Caractères ou les Mœurs de ce siècle*, écrits de sa main. Le suc cès est immédiat et durable. Il entre en 1693 à l'Académi malgré l'opposition des Modernes et des partisans d Corneille, exaspérés par son discours de réception.

LAFAYETTE, Mme de (1634-1693). Issue d'une famille de basse extraction mais fortunée, Marie-Madeleine Pioche de La Vergne a pour précepteurs le poète Ménage et le père Rapin, deux doctes fameux. Elle est nommée à seize ans demoiselle d'honneur d'Anne d'Autriche, et épouse à vingt et un ans le comte de Lafayette, de dix-huit ans son aîné, mais de vieille noblesse. Amie de sa parente Mme de Sévigné, elle fréquente aussi l'écrivain Segrais et surtout La Rochefoucauld, qui sont ses conseillers littéraires, voire ses collaborateurs. En 1662, elle fait publier anonymement *La Princesse de Montpensier*, puis, en 1669 et 1671 et sous le nom de Segrais, *Zaïde*, un roman en deux parties, et, en 1678, de manière anonyme, son chef-d'œuvre, *La Princesse de Clèves.* Ce dernier se distingue des romans à la mode par sa concision, son style nerveux et sa précision psychologique, qui en fait le premier des romans d'analyse.

LA FONTAINE, Jean de (1621-1695). Né à Château-Thierry (Champagne), où il sera pendant vingt ans maître des Eaux et Forêts (1652-1671), La Fontaine offre en 1658 son poème *Adonis* à Fouquet, qui décide d'assurer la protection de ce provincial inconnu, chargé de préparer « Le Songe de Vaux », une œuvre en vers à la gloire de Vaux-le-Vicomte, le splendide château du surintendant. Privé de protecteur à l'arrestation de Fouquet en 1661, La Fontaine se rend en Limousin ; il revient en 1664 se mettre au service de la veuve de Gaston d'Orléans, frère de Louis XIII. Il rédige alors des *Contes* licencieux (1664-1674), mais aussi divers ouvrages religieux. La Fontaine devient véritablement célèbre avec son premier recueil des *Fables*, paru en 1668 (livres I à VI). Il publie aussi son roman *Les Amours de Psyché et de Cupidon* en 1669. La mort de sa protectrice en 1672 le conduit à s'installer chez Mme de La Sablière, une femme de lettres dont le salon est ouvert aux nouvelles idées. Après une collaboration avortée avec Lully, qui lui préfère Quinault (pour le livret de *Daphné*, 1674), La Fontaine écrit divers poèmes et fait paraître son deuxième recueil de *Fables* en 1678-1679 (livres VII à XI). Il est alors parfaitement reconnu ; il entre à l'Académie en 1683 où il fera acte de repentance pour ses *Contes* en 1693. En 1691, la représentation à l'Opéra de sa tragédie lyrique *Astrée* (sur une musique du gendre de Lully, Colasse) est un échec absolu. Sa tendance jansé niste prend alors le dessus. Il meurt en 1695, de pieuse façon.

LA ROCHEFOUCAULD, François, duc de (1613-1680). D'une illustre famille, le duc de La Rochefoucauld est avant tou un soldat et un conspirateur luttant contre la tendance à l'abaissement de la haute aristocratie : il se range d'abord du côté de la reine contre Richelieu, puis du côté des frondeurs contre la reine et Mazarin à cause d'une ques tion de préséance (il n'a pas reçu le titre de duc et pair, e sa femme n'est pas gratifiée de la prérogative du taboure – seules les femmes de haut rang pouvaient s'y asseoir à la cour, près de la famille royale). Il reste fidèle au parti de princes, c'est-à-dire à Condé et Conti, avec la sœur des quels il a une liaison. Blessé et vaincu, il laisse à son fil aîné le soin de défendre son nom à la cour, et se réfugie dans le goût des belles lettres, se liant à la marquise de Sablé et à Mme de Lafayette. Ses *Maximes*, publiées en 1665 et modifiées et complétées jusqu'en 1678, sont un chef-d'œuvre du genre : elles désignent en l'amour propre la source de toutes les passions, brossant un por trait pessimiste de la nature humaine.

MALHERBE, François de (1555-1628). Il fait des études à Caen et en Allemagne. À l'âge de vingt et un ans, il quitte Caen pour Paris. Il devient secrétaire d'Henri d'Angoulême (bâtard d'Henri II), qu'il suit en Provence, mais l'assassi nat de son maître (1586) le force à chercher d'autre appuis. Il présente son poème *Les Larmes de saint Pierr* (d'inspiration italienne) à Henri III en 1587 et obtien ainsi cinq cents écus, mais aucune charge. Il oscille alor entre la Normandie et la Provence (à Aix, il accueille offi ciellement Marie de Médicis avec un poème, en 1600) avant de s'en retourner à Paris en 1605 retrouver son am le magistrat humaniste Guillaume Du Vair. D'abord au service du Grand Écuyer, il devient ensuite gentilhomme ordinaire de la cour. Poète officiel, il chante les exploit d'Henri IV ou flatte les Grands dans ses sonnets, se stances et ses odes; il seconde aussi les entreprises du Vert-Galant – surnom donné au roi en raison de se nombreuses conquêtes féminines. Ses poésies amou reuses répondent à des commandes, d'où leur air guindé

Sa position, ébranlée par l'assassinat d'Henri IV en 1610, est mise en péril par le pouvoir grandissant de Concino Concini, maréchal d'Ancre, favori de la reine Marie de Médicis (1615), puis du duc de Luynes, favori de Louis XIII, qui, poussé par ce dernier, a fait tué Concini (1617). À partir de ces années-là, il s'entoure de disciples, d'abord de poètes comme Racan et Mainard, puis surtout d'érudits férus de limpidité grammaticale comme Chapelain, Balzac et Vaugelas. Sa volonté d'imposer une langue épurée et de la mettre au goût de la cour en fait le père du classicisme (voir p. 44).

MOLIÈRE, Jean-Baptiste Poquelin, dit (1622-1673). Fils d'un riche tapissier parisien, Jean-Baptiste Poquelin renonce à la charge de son père et intègre la troupe de l'Illustre-Théâtre fondé en 1643 et dont il prendra la tête en 1650. En 1645, la troupe fait faillite et doit partir en province, elle se place alors sous la protection de Conti, puis sous celle de « Monsieur », Gaston d'Orléans, frère du roi Louis XIII, avant de revenir à Paris en 1658. En octobre de la même année, Molière joue avec sa troupe au Louvre, devant le roi Louis XIV. Des deux pièces qu'il représente, la plus appréciée n'est pas *Nicomède* de Corneille mais *Le Docteur amoureux*, une farce qu'il a lui-même créée et qui remporte un vif succès auprès du roi. On lui attribue la salle du Petit-Bourbon, qu'il partage avec les comédiens-italiens, puis la salle du Palais-Royal. Molière se lie alors avec le milieu libertin. La création des *Précieuses ridicules* en 1659 lance définitivement la carrière parisienne de Molière qui échoue cependant dans le répertoire de la tragi-comédie, avec *Don Garcie de Navarre* en 1661. Les pièces de Molière sont polémiques : ses ennemis sont les tenants de la préciosité (Ménage, Pellisson, Mlle de Scudéry, soutenus par Fouquet), les médecins pédants hostiles aux nouvelles découvertes (notamment à celle de l'Anglais William Harvey sur la circulation sanguine), et surtout le parti dévot (hostile à sa morale épicurienne et à une certaine émancipation féminine), cible de *L'École des maris* en 1661 et de *L'École des femmes* en 1662. En 1665, la troupe de Molière prend le nom de « troupe du roi » et la faveur de Louis XIV ne se dément pas face au parti dévot lors de la querelle du *Tartuffe* (interdiction des versions de 1664 et 1667, autorisation de celle de 1669).

Le Roi-Soleil lui fait de nombreuses commandes pour le fêtes versaillaises. Le parti dévot est aussi irrité par *Do Juan* (1665) et *George Dandin* (1668), farce qui ridiculis un mari cocu. Dans ces années où Louis XIV affermit so pouvoir, les chefs-d'œuvre abondent : *Le Misanthro* (1666), *L'Avare* (1668), *Le Bourgeois gentilhomme* (qui ina gure le genre de la comédie-ballet en 1670), *Les Fourberi de Scapin* (1671), *Les Femmes savantes* (créée en 1672, pièce est une nouvelle attaque contre les précieuses), e enfin, *Le Malade imaginaire* (1673), dont la quatrièm représentation s'achève sur la mort de Molière.

Pascal, Blaise (1623-1662). Né à Clermont, Blaise Pascal pour père un magistrat qui fréquente à Paris les cercles d mathématiciens. Blaise se distingue très tôt en composan un *Essai sur les coniques* (1639-1640), puis en élaborant un machine à calculer (1644). De 1646 à 1648, il particip aux découvertes sur le vide à partir des expériences d Torricelli[1]. En 1646, son père se convertit à l'austéri chrétienne. De 1649 à 1654, Blaise, qui n'est qu'à moit convaincu par cette ferveur, mène une vie dissipée d jeune mondain et tente même – sans succès – d'empêche sa sœur Jacqueline d'entrer à Port-Royal en 165 Bouleversé par son extase religieuse de 1654, qu' consigne dans son *Mémorial*, il poursuit ses travaux scien tifiques tout en se rapprochant des jansénistes : se *Provinciales* (1656-1657), lettres fictives qui attaquent le jésuites sur leur interprétation de la grâce, ont un succ considérable. Ses *Pensées*, notes rédigées dès 165 combattent les athées, et accessoirement les déistes[2], l'aide de leur propre argumentation rationnelle. L raison se prouve à elle-même la nécessité de se soumett à la Révélation.

1. Evangelista Torricelli (1608-1647) : physicien italien qui prou l'existence de la pression atmosphérique et inventa le bar mètre à mercure.
2. Les déistes reconnaissent l'existence d'un Dieu unique, ma refusent de se soumettre à toute Révélation, en l'occurrence la Bible.

RACINE, Jean (1639-1699). Orphelin très jeune, Jean Racine est pris en charge par les Petites Écoles de Port-Royal. Il y acquiert une très bonne culture grecque, avant de poursuivre ses études dans des collèges jansénistes. Après l'échec de *La Thébaïde* (1664), il connaît le plus grand succès avec *Alexandre le Grand* (1665). Il se froisse alors gravement avec Port-Royal, très hostile au théâtre et aux succès mondains. C'est *Andromaque* (1667) qui le signale définitivement aux yeux de la cour et en fait le rival de Corneille. Malgré l'insuccès de *Britannicus* (1669), le duel de 1670 dans lequel s'opposent sa *Bérénice*, représentée à l'Hôtel de Bourgogne, et celle de Corneille, jouée au Palais-Royal par la troupe de Molière, tourne à son avantage. Dès lors sa gloire ne se dément plus, avec *Bajazet* (1672, année de son élection à l'Académie française), *Mithridate* (1673), *Iphigénie* (1674) et *Phèdre* (1677). Sa charge d'historiographe du roi (1677) et un certain retour à l'austérité religieuse l'éloignent alors de l'écriture tragique : il ne donnera *Esther* (1689) et *Athalie* (1691), deux tragédies bibliques, que pour complaire à la maîtresse de Louis XIV, Mme de Maintenon, qui veut édifier les jeunes filles nobles mais sans fortune qu'elle a placées sous sa protection dans le domaine royal de Saint-Cyr, près de Versailles. Réconcilié avec le courant janséniste, il rédige vers 1695 un *Abrégé de l'histoire de Port-Royal* (publié *post mortem*) tout en conservant les bonnes grâces du pouvoir royal.

RETZ, Paul de Gondi, cardinal de (1613-1679). Voir p 83.

ROTROU, Jean de (1609-1650). Issu d'une bonne famille de Dreux, Jean de Rotrou est devenu avocat, mais n'a sans doute jamais plaidé, préférant se faire dramaturge. Il est d'abord un poète à gages au service de l'Hôtel de Bourgogne. Il sort de cette situation grâce au soutien de Richelieu, qui le fait entrer dans sa Société des cinq auteurs, et grâce à l'achat d'une charge de lieutenant particulier au bailliage de Dreux (1639) : il écrit moins, mais mieux. Ses chefs-d'œuvre sont la tragi-comédie *Venceslas* (1647), les tragédies *Le Véritable Saint Genest* (1646) et *Cosroès* (1648). Rotrou, de tendance nettement baroque, affectionne les situations romanesques, les rebondissements multiples, le style hyperbolique, mais on peut discerner chez lui comme chez Corneille une lente évolu tion vers l'équilibre et la modération classiques, la tragé die prenant peu à peu le dessus sur la tragi-comédie l'espagnole.

SAINT-SIMON, Louis de Rouvroy, duc de (1675-1755). Voi p. 67.

SCARRON, Paul (1610-1660). Chanoine et attaché à l'évêqu du Mans, il préfère les mondanités et le plaisir aux devoir religieux. En 1638, il est atteint d'une paralysie partiell qui le condamne à la chaise roulante et lui fait abandon ner ses fonctions. Ami de Mlle de Scudéry, de Trista l'Hermite et du poète Ménage, il se fait connaître avec l *Typhon* (1644), une épopée parodique qui lance la mod du burlesque en France. Il récidive avec son *Virgile traves* (1648-1652), une parodie versifiée de l'*Énéide* de Virgile Pendant la Fronde, son salon est un lieu actif de subver sion, et sa *Mazarinade* (voir p. 113) atteste son engage ment. Son *Roman comique*, dont il compose la premièr partie en 1651 et la seconde en 1657 et qu'il n'achève pas remporte un succès considérable qui compense sa dis grâce auprès du pouvoir : sa coutumière verve burlesqu se mêle à un nouveau réalisme – il dépeint une troupe d théâtre provinciale. Scarron écrit aussi de nombreuse tragi-comédies burlesques d'inspiration espagnole. L veuve Scarron n'est autre que la future Mme d Maintenon, la plus influente des maîtresses de Louis XIV c'est la fille d'une voisine que l'écrivain impotent extraite de la pauvreté : « J'aime mieux épouser un cul-de jatte que le couvent », aurait-elle déclaré pour l'occasion.

SCUDÉRY, Madeleine de (1607-1701). Très cultivée et touche à-tout, elle s'est rendue célèbre par ses romans précieu – publiés sous le nom de son frère Georges. Les héro guerriers à la *Polexandre* (célèbre roman héroïque d Gomberville publié de 1619 à 1637) y cèdent la place à d parfaits amants. Les Turcs d'*Ibrahim ou l'Illustre Bass* (1641), comme les Perses d'*Artamène ou le Grand Cyru* (dix volumes publiés de 1649 à 1653) ou les Romains d *Clélie* (1654-1660) déposent tous les armes devant l'aute de Vénus. *Clélie* connaît un vif succès : c'est un manifest précieux, qui prône l'émancipation des femmes, fait d l'amour la vertu cardinale et déroule des pages de casuistique amoureuse (voir p. 73). L'influence de Mlle de Scudéry a largement dépassé les cercles précieux : la plupart de ses contemporains ont admiré son style souple et précis, sa psychologie raffinée et sa langue épurée. Parmi ses plus fervents défenseurs, on compte ainsi Ménage, l'auteur des *Observations sur la langue française* (1672). Les satires antiromanesques ont eu finalement bien peu de poids face au succès de ses feuilletons galants.

ÉVIGNÉ, Mme de (1626-1696). Issue de la vieille noblesse bourguignonne, les Rabutin, elle a pour maîtres Ménage et Chapelain et épouse le volage marquis Henri de Sévigné, un parent du futur cardinal de Retz, qui possède deux châteaux en Bretagne, dont celui des Rochers, près de Vitré. Elle met au monde deux enfants, Charles et sa fille adulée Françoise-Marguerite, future comtesse de Grignan. Son mari meurt en 1651 lors d'un duel. Très courtisée, elle repousse cependant les avances de ses prétendants. Ses lettres, qu'on lit dans les cercles mondains (comme on a lu celles de ses contemporains Guez de Balzac ou Voiture), sont avant tout adressées à sa fille, la comtesse de Grignan, partie rejoindre son mari en Provence, mais aussi à son cousin Bussy-Rabutin, amoureux éconduit qui se venge des rebuffades de la marquise par un portrait perfide dans son *Histoire amoureuse des Gaules* (1665), ou encore au duc de La Rochefoucauld et à Mme de Lafayette. Bien qu'étant de sensibilité plutôt janséniste, Mme de Sévigné a admiré Corneille, alterné les périodes à la cour et les séjours bretons et décrit d'un style vif et naturel un monde à nos yeux factice. Ses contradictions font tout son prix.

OREL, Charles (v. 1600-1674). Fils de procureur, il achète en 1635 une charge d'historiographe du roi. Dans sa jeunesse, il fréquente le milieu libertin (Théophile de Viau notamment) et écrit des romans dans l'air du temps, *L'Histoire amoureuse de Cléagénor et de Doristée* (1621) et *Le Palais d'Angélie* (1622). Son grand succès est l'*Histoire comique de Francion* (1623, 1626 et 1633). En 1627, il publie une parodie de *L'Astrée* d'Honoré d'Urfé, *Le Berger extravagant.* Avec son *Polyandre* (1648), il essaie de brosser plus systématiquement les différents types sociaux – annonçant en cela Furetière –, mais le livre est un échec complet, qu l'incite à se vouer à l'encyclopédisme scientifique, histo rique et bibliographique (*Science universelle, Histoire de l monarchie française* et *Bibliothèque française* en 1664; *De l connaissance des bons livres* en 1671). Cette facilité d plume qui tourne à la logorrhée lui a valu les sarcasmes d Furetière, qui l'a dépeint sous les traits de Charroselle – écrivain de talent médiocre mais à prétention encyclo pédique – dans son *Roman bourgeois.*

SPONDE, Jean de (1557-1595). De famille protestante, il étu die au collège de Béarn, où des humanistes genevois lu donnent une solide culture classique. Très lié au milie genevois, Sponde s'y attire vite certaines inimitiés par so goût pour l'alchimie et l'occultisme. Ses œuvres son pourtant d'inspiration religieuse : il se range d'abor dans le sillon calviniste d'un Théodore de Bèze avec se *Méditations sur les Psaumes* (1588) et publie un *Avertissemen du roi où sont déduites les raisons d'État pour lesquelles il ne lu est pas séant de se convertir* (1589). Il se convertira pourtan quatre ans plus tard au catholicisme à l'instar d'Henri IV ce qui lui vaudra l'hostilité des habitants de La Rochelle fief protestant dont Henri IV l'avait nommé lieutenan général, sans lui gagner de nouvelle faveur royale. I meurt en Béarn, alors qu'il prépare le troisième de se opuscules pro-catholiques. Son œuvre poétique, totale ment ignorée de son temps, n'a été découverte qu'avec l récent regain d'intérêt pour la littérature « baroque » : se *Stances et sonnets de la mort* (d'inspiration calviniste) son remarquables par leur chatoyante gravité, par une variét d'images frappantes mais jamais extravagantes.

TRISTAN L'HERMITE, François dit (v. 1601-1655). En 1621, aprè une adolescence très mouvementée (il a dû errer e Angleterre et en Espagne après un sanglant duel), il s met au service de Gaston d'Orléans, frère de Louis XII dont les maigres faveurs le décevront, comme l'indiffé rence de Richelieu, qu'il flattera inutilement. Il devien célèbre avec sa tragédie *La Mariane* (1637), et sa réputa tion lui permet même d'entrer à l'Académie en 1649. I fait aussi paraître des recueils de poésie comme *Le Amours* (1638) ou *La Lyre* (1641). Sa meilleure œuvre es sans doute *Le Page disgracié* (1643), un roman picaresque

que l'on a qualifié d'« autobiographie baroque ». La dimension personnelle de l'œuvre donne à cette suite d'aventures écrites dans un style chaud et vibrant une couleur très nouvelle.

Urfé, Honoré d' (1567-1625). Issu de la vieille aristocratie du Forez (Massif central) et apparenté à la maison de Savoie, Honoré d'Urfé reflète dans son roman pastoral *L'Astrée* (1607-1619 et 1627) l'idéologie noble dans sa quintessence : les bergers qu'il met en scène dans son Forez – au lieu de l'antique Arcadie[1] – ne songent qu'à faire la cour aux femmes, les actes de passion et de désespoir abondent – le berger Céladon, amoureux d'Astrée, se jette dans un fleuve par dépit, mais est sauvé par la princesse Galathée, qui s'éprend de lui… Des intrigues secondaires évoquent tout de même des scènes de guerre, qu'Honoré d'Urfé connaissait bien pour avoir été un ardent partisan de la Ligue[2].

1. *Arcadie* : lieu mythique situé en Grèce, peuplé de bergers, et qui était considéré comme une sorte de paradis terrestre consacré aux joies de l'amour et de la poésie.
2. *Ligue* : mouvement ultracatholique qui s'opposait, pendant les guerres de Religion, à la fois aux protestants et aux partisans d'une paix imposée par le roi. La famille de Guise essaya d'utiliser ce mouvement pour parvenir au trône.

DERNIÈRES PARUTIONS

ANDERSEN
La Petite Fille et les allumettes et autres contes (2171)

AU NOM DE LA LIBERTÉ
Poèmes de la Résistance (2106)

L'AUTOBIOGRAPHIE (2131)

BALZAC
Le Bal de Sceaux (2132)

BAUDELAIRE
Les Fleurs du mal (2115)

BERNARDIN DE SAINT-PIERRE
Paul et Virginie (2170)

LA BIOGRAPHIE (2155)

ROBERT DE BORON
Merlin (2080)

CEUX DE VERDUN
Les écrivains et la Grande Guerre (2134)

LES CHEVALIERS DU MOYEN ÂGE (2138)

COLLODI
Pinocchio (2136)

CONTES DE L'ÉGYPTE ANCIENNE (2119)

LE CRIME N'EST JAMAIS PARFAIT
Nouvelles policières (2163)

DEFOE
Robinson Crusoé (2120)

DUMAS
Les Trois Mousquetaires.
1. Les ferrets de la reine (2142)
2. La vengeance de Milady (2144)

DE L'ÉDUCATION
Apprendre et transmettre de Rabelais à Pennac (2137)

LA FARCE DU CUVIER et autres farces du Moyen Âge (2139)

FLAUBERT
La Légende de saint Julien l'Hospitalier (2111)

LES GRANDES HEURES DE ROME (2147)

HOLDER (ÉRIC)
Mademoiselle Chambon (2153)

HOMÈRE
L'Iliade (2113)
L'Odyssée (2125)

HUGO
Claude Gueux (2121)

JARRY
Ubu Roi (2105)

LABICHE
Un chapeau de paille d'Italie (2114)

LES LUMIÈRES (2158)

MAUPASSANT
La Parure et autres scènes de la vie parisienne (2124)

MÉRIMÉE
Mateo Falcone. Tamango (2104)
La Vénus d'Ille et autres contes fantastiques (2002)
Carmen (2145)

MOLIÈRE
Le Bourgeois gentilhomme (2133)
L'École des femmes (2143)

MYTHES ET DIEUX DE L'OLYMPE (2127)

PAROLES DE LA SHOAH (2129)

LA PEINE DE MORT
De Voltaire à Badinter (2122)

RÉALISME ET NATURALISME (2159)

RENARD
Poil de Carotte (2146)

ROBINSONNADES
De Defoe à Tournier (2130)

LE ROMANTISME (2162)

ROSTAND
Cyrano de Bergerac (2112)

SAUMONT (ANNIE)
Aldo, mon ami et autres nouvelles (2141)

SHAKESPEARE
Roméo et Juliette (2118)

SHELLEY (MARY)
Frankenstein (2128)

LE SURRÉALISME (2152)

TCHÉKHOV
Une demande en mariage et autres pièces en un acte (2108)

TITE-LIVE
La Fondation de Rome (2093)

VILLIERS DE L'ISLE ADAM
Véra et autres nouvelles fantastiques (2150)

VOLTAIRE
Micromégas (2135)

GF Flammarion

03/08/20900-VIII-2003 – Impr. MAURY Eurolivres, 45300 Manchecourt.
N° d'édition FG217201. – Août 2003. – Printed in France.